The Special Tropical Parfait Case

夏期限定トロピカルパフェ事件

KAKI GENTEI TOROPIKARUPAFE JIKEN
(THE SPECIAL TROPICAL PARFAIT CASE)
by Honobu YONEZAWA

요네자와 호노부

The Special Tropical Parfait Case

여름철 한정 트로피컬 파르페 사건

夏期限定トロピカルパフェ事件

김선영 옮김

엘릭시르

The Special
Tropical Parfait
Case

차례

The Special
Tropical Parfait
Case

서장 / 마치 솜사탕처럼

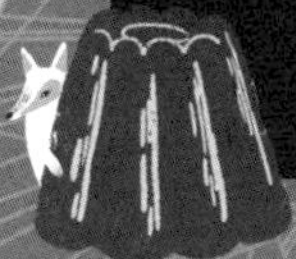

소스가 눌어붙는 냄새가 났다. 그뿐이라면 좋은 향기였을지도 모르지만 간장에 기름 냄새, 설탕이 녹는 달착지근한 냄새까지 뒤범벅이 되니 아무래도 좋은 향기는 아니다. 오늘은 잿날. 동네 으뜸가는 번화가는 저녁때부터 차량이 통제되고 요란한 비닐 포렴을 내건 야간 노점으로 빼곡했다. 나는 묵직하게 수런거리는 소리와 사람들이 뿜어내는 열기 속을 느긋하게 걷고 있었다.

내가 다니는 후나도 고등학교는 지금 기말고사를 앞두고 있다. 학교에서는 "학업에 전념해야 할 시기에 축제라고 밤늦게 싸돌아다니지 말도록" 신신당부했다.

소시민의 길을 추구해마지않는 나, 고바토 조고로는 그런

금지령을 어떻게 받아들여야 할까?

여기서 '금지하니까 가지 않는 것이 소시민적인 행동'이라고 생각한다면 아직 멀었다. 진정한 소시민이라면 '규칙은 어기라고 있는 것이다!' 하고 으스대며 축제의 밤거리에 뛰어들었다가 선생님이나 선도 위원의 모습을 보고 몰래 도망 다니는 법이다. 그런 이유로 나는 야간 노점 사이를 어슬렁대고 있다.

하지만 대단히 유감스럽게도 구미가 당기는 것이 거의 없었다. 축제 분위기에 들떠서 사고 싶지도 않은 걸 마구 사다가 빈털터리가 되는 게 올바른 소시민의 도리인데, 막상 싸구려 상품을 보니 식욕도 물욕도 영 생기지 않았다. 문어튀김은 역 앞 뒷골목에 싸고 맛있는 가게가 있는데. 이런 냉랭한 시선으로 쳐다보는 한 도저히 축제에 취해 있다고 말할 수는 없을 것이다. 뭐, 이 분위기를 맛보러 온 것만으로도 충분할지 모른다. 소스와 간장, 기름, 설탕 냄새만 가득할 뿐이지만.

바람이 뜨뜻했다. 꼭 노점의 철판 때문만은 아니고, 계절이 이미 여름인 탓이다. 이만한 인파가 북적거리는 것을 고려하면 오히려 오늘밤은 제법 쾌적한 축이다.

칠월. 남은 시험은 1학기 기말고사. 겸허하게 말해서 중간층에서 상위권, 아무리 자만해도 상위층에서 하위권 이상은 아닌 성적의 나로서는 학생지도부의 신신당부가 아니더라도 넋 놓고 놀고 있을 수만도 없다. 착실한 고등학생으로 산 지 일 년 남짓, 2학년이 되니 진로 선택도 다소 현실적으로 다가오기 시작했다. 뭐……. 발등에 불이 떨어졌다고 하기에는 아직 멀었지만. 노점 구경은 적당히 끝내고 시험 전날 벼락치기에 매달리는 것도 소시민답지 않겠나.

"어라?"

오징어구이 노점 앞에서 낯익은 얼굴을 발견했다. 1학년 때부터 같은 반 친구. 성격도 살갑고 비교적 장단을 맞추기 쉬워서 학교에서는 자주 이야기를 나눈다. 오늘밤은 머리카락을 삐죽하게 세워 한껏 멋을 부렸다. 셔츠에 알파벳으로 뭐라 적혀 있는데 영어가 아니라서 무슨 뜻인지 모르겠다. 저 녀석은 읽을 수 있을까? 독일어인지 뭔지 모르겠지만 혹여나 외설스러운 문구면 어쩔 작정이란 말인가. 아무도 못 알아본다면 딱히 문제는 없지만. 그런 생각을 하면서 지켜보는데 오징어 다리 꼬치구이를 손에 든 녀석과 눈이 마주쳤다.

나는 한 손을 들며, 목소리가 닿는 거리가 아닌 줄 알면서도 인사를 했다.

"여."

상대도 똑같이 행동했다. 그것뿐. 나는 금세 그의 존재를 잊고 걸음을 뗐고, 아마 그도 마찬가지였으리라. 딱히 그 녀석 옆에 같은 반 여학생이 나란히 서 있다고 마음을 써준 것은 아니다. 우리는 학교 밖에서도 친하게 굴 정도로 친밀하지 않다. 그 점을 그도 나도 알고 있는 것뿐이다.

그렇다고 우리가 인간관계에 냉담하다는 뜻은 아니다. 우리 고등학생에게 학교라는 작은 세계의 안과 밖은 자연히 다를 수밖에 없다. 인간관계도, 패션도, 성격조차도. 어쩌면 그것은 가정 안팎의 차이보다 클지도 모른다. 학교 밖에서는 다른 얼굴, 말하자면 그런 것이다.

사실 오늘 아는 얼굴을 몇 명 발견했다. 같은 후나도 고등학교 학생도 있고, 아득한 옛날 내가 다카바 중학교의 골칫덩어리였던 시절에 보았던 아이도 있었다. 다들 가볍게 고갯짓을 나누거나 못 본 척 지나쳤다. 이 정도 의례적 무관심은 소시민의 길 이전에 상식이라 할 수 있다.

나는 학교에서는 고독한 학생이 아니지만, 학교 밖에서도 적극적으로 말을 나눌 만한 상대는 한 사람밖에 없다.

도지마 겐고, 완력과 의협심이 장점인 남자. 고등학교 입학 당시에는 얼굴만 사각이었는데 일 년이 지나자 근육이 더 붙어서 어쩐지 전체 윤곽까지 사각형이 됐다. 아니, 딱히 친한 사이는 아니다. 오히려 소원한 사이인데 분위기 파악 능력이라는 게 결여된 불쌍한 겐고는 학교 안과 밖의 매너를 모르는 것이다.

뭐, 밤에 열리는 이런 축제, 이런 인파 속에서 그 유일한 인물과 맞닥뜨릴 리 없겠지. 미니 카스텔라나 단밤이라도 사서 슬슬 돌아갈까 하는 찰나, 누가 뒤에서 헨리넥 셔츠 뒷덜미를 붙들었다.

목이 졸려 개구리 울음소리 같은 괴성이 튀어나왔다. 대체 무슨 일이지? 아하, 누가 시비라도 거는가 보다 싶어 어깨 너머로 돌아보자…….

"……어?"

여우가 있었다.

내 어깨쯤 오는 키로 이쪽을 올려다보는, 하얀 바탕에 빨간 선이 들어간 여우 가면. 길쭉한 코 양옆으로 검은 수염이 세 가닥씩 그려져 있다.

축제에 가면 가게가 빠지면 서운하다지만, 이 가면의 질감은 흔한 플라스틱 제품과는 비교가 되지 않는다. 아무래도 진짜 나무로 조각한 가면 같은데……. 뭐지, 이건?

여우 가면을 쓰고 있는 것은 유카타 차림의 자그마한 아이였다. 연한 복숭앗빛 바탕에 금색 테두리를 친 하얀 나팔꽃. 소매 사이로 뻗어 나온 오른손은 내 뒷덜미를 붙잡고 있고,

왼손은 축 늘어져 있다. 그렇다면 이 가면은 손으로 얼굴에 대고 있는 게 아니라 끈 같은 걸로 단단히 고정해놓았다는 뜻이다. 아무리 신나는 축제의 밤이지만 유카타 차림에 여우 가면이라니 너무 기분을 냈다.

여름밤, 사람들이 바글거리는 축젯날, 불쑥 튀어나온 오곡신五穀神의 사자. 평범한 고등학생에게 무슨 용건이십니까? 그렇게 묻고 싶은 마음은 굴뚝같지만.

나는 아직도 뒷덜미를 붙잡고 있는 손을 떼어내고 허리를 조금 숙여 눈높이를 맞추었다.

"왜 그래, 꼬마 아가씨. 엄마 잃어버렸어?"

말을 마치기가 무섭게 아이가 정강이를 냅다 걷어찼다. 유카타를 입은 아이는 일본 전통 스타일에 무슨 집착이라도 있는지 신발까지 굽 높은 검정 나막신을 신고 있었다. 안 그래도 무겁고 딱딱한 신발인데, 더군다나 모서리로 정강이를 걷어차이자 순간 기절초풍했다.

눈물이 쏙 빠질 정도였다.

한쪽 다리를 부여잡고 두 번 세 번 한심한 꼴로 깡충거리다가 도저히 못 참겠어서 항의했다.

"너무 세게 찼잖아……. 오사나이!"

유카타 차림의 아이는 두 손으로 여우 가면을 천천히 벗었다. 어깨 위까지 오는 새까만 보브컷이 드러났다. 보브컷이라고 부르기에는 조금 고풍스러운 그 헤어스타일을 나는 바가지머리라고 부른다. 가느다란 눈, 깨끗한 눈동자. 앙증맞은 입술. 아무도 반론할 수 없는 동안, 어린아이의 이목구비다. 나도 남자치고는 그리 크지 않은데 내 어깨까지밖에 닿지 않는 키. 모르는 사람이 보면 친척 오빠를 따라 야간 축제를 구경하러 온 초등학생이라고 오해할 게 틀림없다.

이래 봬도 이 아이는 고등학교 2학년. 이름은 오사나이 유키.

오사나이와 나는 중학교 3학년 여름부터 함께 어울리고 있다. 그래서 못 느끼는 것일 뿐, 어쩌면 오사나이도 조금은 자랐을지 모른다. 여우 가면으로 얼굴을 가리고 있는데 어떻게 정체를 아느냐고? 알고 보면 별것 아니다. 내가 아는 여자애 중에 이런 원시적인 가면을 쓰고 남의 목덜미를 갑자기 잡아당길 사람은 오사나이밖에 없기 때문이다.

오사나이는 지금 손으로 입을 가리고 눈을 휘둥그레 뜨고 있다.

"미, 미안해, 나막신은 자주 안 신으니까 발길질이 어색해서……."

"그럼 어떤 신발을 신고 남의 정강이를 걷어차면 안 어색

하단 말이야?"

오사나이가 손에 든 여우 가면과 함께 도리질을 했다.

"아, 그런 뜻이 아니라……. 미안해, 아파?"

걷어차인 순간에는 눈에서 불꽃이 튀었지만 언제까지고 아프다고 난리칠 정도는 아니다. 나는 다리를 내리고 억지로 웃었다.

"그야 당연하지."

"그래……."

오사나이는 힘없이 고개를 떨구었다.

"하지만 나, 고바토 말에 정말 상심했다고……. 그러니까 용서해줄 거지?"

"그야 당연하지."

"다행이야."

오사나이가 부드럽게 웃었다. 하하하, 능청스럽긴. 오사나이가 그 정도로 상심할 리 없다. 오사나이가 상심한다면 그건 조금 더, 그러니까…… 심각한 문제다.

오사나이는 여우 가면을 벗어 머리 오른쪽에 비스듬히 동여매려 했다. 달려 있는 연줄이 너무 가늘어서 씨름하고 있는 것 같았다. 그나저나.

"이런 건 어디서 샀어?"

“응? 이 가면?”

오사나이가 연줄을 리본 모양으로 묶으며 내 쪽으로 눈을 돌렸다.

“목공소 앞에서 늘어놓고 팔던데. 너무 귀여워서 덜컥 사 버렸어.”

내가 아는 한 오사나이는 사물을 귀엽다고 표현하는 경우가 드물다. 조금 더 정확하게 말하면 ‘아름답다’거나 ‘관심이 간다’는 넓은 의미로 ‘귀엽다’라는 말을 남용하는 경우가 없다. 그렇다면 오사나이는 꿈에 나올 법한 이 하얀 가면을 정말 귀엽다고 생각한다는 뜻이다.

……뭐, 남의 취향이니 입다물자.

간신히 연줄을 묶은 오사나이는 뒷짐을 지고 미소를 지으며 말했다.

“고바토, 함께 둘러보자.”

“어?”

조금, 당혹스러웠다.

학교 밖에서 내게 친한 척 말을 거는 사람은 기껏해야 도지마 겐고뿐이다. 그건 거짓말이 아니다.

오사나이와 나는 종종 행동을 같이하지만 그것은 어디까지나 목적이 있는 행동이다. 나와 오사나이가 내건 커다란 목표, 눈앞에 어른거리는데도 거머쥘 수 없는 육등성, '소시민'. 우리는 하루하루 평온하게 보내는 생활 태도를 몸에 익히길 갈망하고, 그것을 방해하는 일들을 완강히 회피하는 입장을 고수한다. 그리고 트러블 혹은 문제의 싹에서 빠르게 손을 떼기 위해 서로의 존재를 이용하는 것이다.

그런 오사나이가 축제의 밤거리를 함께 다니자니 대체 무슨 꿍꿍이일까? 짐작이 가지 않았지만 그것도 한순간. 가만히 내 오른쪽에 서는 오사나이를 보고 속뜻을 알았다.

"이 앞에 마주치기 싫은 사람이 있구나?"

머리 오른쪽에 고정시킨 여우 가면은 오사나이의 옆얼굴을 조금이나마 가려주었다. 왼쪽에는 내가 서 있고, 나막신 끈을 쳐다보듯 고개까지 숙이고 걸으면 정면에서 보지 않는 한 오사나이인 줄 모를 것이다. 하물며 이렇게 정통 일본풍으로 무장했으니 두말하면 잔소리다.

내 예측을 증명하듯 오사나이는 더 깊숙이 바닥을 내려다보더니 고개도 들지 않고 대답했다.

"응."

"같은 반?"

"옛날에."

인파 속에 멀뚱히 서 있는 건 민폐다. 내가 걸음을 떼자 오사나이도 걸음을 맞추어 따라왔다. 소란스러운 야간 축제 속에서도 달각거리는 검정 나막신 소리는 또렷하게 들렸다.

"돌아가면 되잖아."

"자전거가 저 앞에 있단 말이야."

"흐음."

운이 없었군.

시선을 계속 발밑에 떨어뜨리고 있어 오사나이가 웅얼거리는 소리를 알아듣기 힘들었지만 대충 이렇게 말하는 것 같았다.

"고바토를 발견해서 다행이야."

"날 찾았어?"

"온다고 그랬잖아. 찾으면 있지 않을까 싶었어. ……크게 기대는 하지 않았지만."

"이런 인파 속에서 용케 찾았네."

키도 작은데, 하고 덧붙이려다 꿀꺽 삼켰다. 또 걷어차이면 다리가 남아나지 않는다.

그러고 보니 오사나이와 거리를 걷는 건 오랜만이었다. 언제가 마지막이었더라……. 기억을 더듬어보니 기막힐 만큼 한참 거슬러 올라갔다. 분명 더 있을 텐데 떠오른 건 작년 봄, 일 년도 더 옛날 일. 휴대전화를 새로 마련한 오사나이를 우연히 발견했었다.

아아, 괜히 쓸데없는 기억까지 되살아났다. 그날, 나는 오사나이에게 수제 과일 소스가 맛있는 요구르트를 사주겠다고 했다. 그러고 보니 그 약속은 아직도 지키지 못했다. 일 년이나 지난 일인데 오사나이가 과연 기억하고 있을까? 기억하고 있다면……. 지금이라도 늦지 않았다. 어떻게든 만회할 수단을 생각하는 게 낫겠다. 오사나이는 달콤한 디저트를 무척이나 사랑하니까.

오사나이는 달콤한 디저트를 두 번째로 사랑한다. 달콤한 디저트를 위해서라면 체력과 자금이 허용하는 한 어디까지고 달려간다.

그리고 그런 오사나이가 가장 사랑하는 것은 '복수'다.

겉보기는 깜찍하지만 오사나이의 특기는 카운터펀치다. 보다 강력하게 반격하기 위해 누가 때려주기를 기다린다. 오사나이는 그런 자신의 성격, '늑대'의 본모습을 가둬두려 한다. 그런 이유로 소시민을 목표로 하고 있다.

한편 내가 고쳐야 할 점은 천성적으로 쓸데없이 참견하는 성격이다. 바둑에 훈수 두는 것처럼 남이 하는 일에 오지랖을 떨고, 그러지 말아야 하는데 잔머리를 굴려 잘난 척 떠벌리다가 결국 많은 사람들을 불쾌하게 만든다. 나는 이놈의 '여우'

를 '소시민' 개념으로 제압해야만 한다.

작년 봄에서 여름 사이, 나와 오사나이는 결과적으로 공문서 위조 범죄를 폭로했다. 그게 원인인지는 모르겠지만 다섯 명이 체포당했다. 단언컨대 그런 행위는 소시민이 할 짓이 아니다. 그런 반성을 바탕으로 우리는 지난여름 이후로 대단히 얌전하게 한 해를 보냈다. 소시민의 자리는 이미 획득한 것이나 마찬가지다.

"아!"

별안간 오사나이가 얼빠진 소리를 지르며 뭔가를 가리켰다. 대체 무슨 일인가 싶어 눈길을 돌리니 그곳에는 솜사탕 가게가.

오사나이는 비명을 지르듯 일그러진 표정으로 쥐어짜내듯이 말했다.

"솜사탕 먹는 걸 깜빡했어!"

나는 오늘밤 축제에 산책을 하러 왔다.

오사나이는 아무래도 축제를 만끽하러 온 모양이다.

나는 눈치 없는 짓인 줄 알면서도 들뜬 그 모습에 찬물을 끼얹지 않을 수 없었다.

"오사나이, 솜사탕 원가가 얼만지 알아?"

"……."

"설탕 가격이 얼마나 싼지. 얼마나 적은 양의 설탕으로 솜사탕을 만드는지."

달그락. 오사나이가 나막신으로 바닥을 찍었다. 지금까지 숙이고 있던 고개를 번쩍 들더니 힘차게 주장했다.

"비싸든 싸든, 그건 알 바 아니야. ……난 솜사탕을 먹을 거야!"

이렇게 굳은 결심을 갖고 있을 줄이야. 제가 미처 몰랐습니다.

결국 오사나이는 여우 가면으로 오른쪽 옆얼굴을, 나로 왼쪽 옆얼굴을, 커다란 흰색 솜사탕으로 정면을 가리며 인파 속을 걸었다. 나막신을 달그락거리며 걷는 오사나이는 이따금 솜사탕을 베어 물고 생긋 웃었다. 처음에는 얼굴을 가리려고 가면 대신 솜사탕을 산 게 아닐까 의심했지만 이 모습을 보아하니 괜한 생각이었던 모양이다.

오사나이가 솜사탕에 정신이 팔려 뒤로 처지는 바람에 내가 그만큼 걸음을 맞춰주었다. 키 차이가 곧 보폭 차이이기 때문에 천천히 걷는 오사나이에게 맞추려면 꽤 힘들다. 아무렇지 않은 척 느긋하게 걷고 있지만 사실 나는 주위를 살피고 있었다. 오사나이가 '마주치고 싶지 않은 사람'이 누군지 궁금했던 것이다.

참고로 앞쪽에 자전거를 세워두어서 마주치기 싫은 사람이 있어도 가야만 한다는 오사나이의 말은 새빨간 거짓말이다. 오사나이의 옷차림은 유카타. 자전거를 타려면 옷자락을 걷어야 한다.

뭐, 옷자락을 걷어도 보이는 건 기껏해야 장딴지 정도. 그렇다면 합리적으로 생각해 교복 치마를 입었을 때와 마찬가지라고 볼 수도 있지만 오사나이는 나막신을 신고 있다. 유카타를 입고 안장에 앉을 수는 있어도 나막신을 신고 페달을 밟기는 힘들다. 전통을 고수하고 싶다면 짚신이라도 상관없었을 텐데 굳이 나막신을 신고 온 것으로 보아 오사나이는 십중팔구 자전거로 오지 않았다.

그런데 얼굴을 가리고 이쪽으로 왔다는 것은 무엇이랴. '상대에게 들키고 싶지는 않지만, 나는 상대를 보고 싶다'는 뜻이다. 그런 상대의 얼굴이라면 나도 구경하고 싶다.

뭔지 몰라도 오사나이에게는 이유가 있을 것이다. 그야 당연하다. 이유가 없었다면 오사나이는 내게 말을 걸지 않았을 테니까. 하지만 그 이유가 뭔지 모르겠다. 지금 단계에서는 더 나은 단서가 없는 것 같다.

뭐, 하지만 어차피 대수로운 이유는 아닐 것이다. 우리는 소시민을 목표로 삼고 있다. 그런 목표를 말로 할 정도인 우리는 당연히 자의식이 지나치다. 작은 일을 크게 부풀려 이거야단났다, 어떻게든 해야 한다며 허둥거린다. 침소봉대針小棒大, 우리의 그런 행동은 마치 솜사탕처럼 실속이 없다.

좌우를 살피는데 솜사탕 뒤에 숨은 오사나이가 물었다.

"뭘 그리 두리번거려?"

"아아. 아니, 단밤 파는 가게가 있으면 사 가려고."

새빨간 거짓말은 아니다. 10분의 1 정도는 그런 마음도 있었다. 오사나이가 고개를 갸웃거리자 나무젓가락에 붙어 있는 솜사탕도 같은 각도로 기울었다.

"이 앞에는 없었어."

"그래? 뭐, 꼭 먹고 싶은 건 아니니까."

오사나이의 말이 맞았다. 노점은 버터감자, 사격장, 고무공 낚시, 초코바나나, 풍선 가게로 끝이었다. 휴대전화를 꺼내 시간을 보니 생각보다 밤이 깊었다. 시험도 있으니 슬슬 돌아가야겠다.

그럼 난 여기서 이만, 하고 걸음을 멈추자 솜사탕을 먹던 오사나이도 동작을 멈추었다.

"그런데 고바토, 여름방학에 무슨 계획 있어?"

1학기 기말고사가 끝나면 당연히 여름방학. 내 계획

은…….

"딱히 없어. 오사나이는?"

"음."

잠깐 고민한 오사나이는 하늘을 슬쩍 올려다보고 솜사탕을 날름 핥더니 생긋 웃었다.

"나 말이야……. 왠지 멋진 예감이 들어!"

그 미소에 나도 웃음으로 답했다.

여름방학에, 멋진 예감이라.

소시민에 걸맞게 여름철의 추억이라도 만들어야 할까?

The Special
Tropical Parfait
Case

제 1 장 / 샬럿은 나의 것

1

모든 것은 이 지긋지긋한 더위 탓이다. 나는 그렇게 결론을 내렸다. 모든 것이 평소와 똑같았다면 나는 분명 이런 생각을 하지 않았을 것이다.

지금, 이 집에는 나와 오사나이밖에 없다. 아무 눈치도 볼 필요가 없다는 뜻이다.

지금까지 단둘이 있을 기회가 전혀 없었던 것은 아니다. 하지만 나는 오사나이를 건드리려는 생각은 한 번도 해본 적이 없었다. 오늘까지는.

에어컨에서 시원한 바람이 나오고 있을 텐데, 도저히 그런 것 같지가 않았다. 여름의 열기로 달아오른 몸속에서 기분은 한없이 고조되었지만 머릿속은 오히려 서늘하게 식어갔다.

땀이 배어 나오는 것 같아 손수건으로 귀밑을 눌렀다. 긴장해서 목이 탔다. 오사나이가 따라준 차가운 보리차를 한 모금 머금었다.

오사나이는 이 땡볕 속에서 심부름을 다녀온 나를 위해 평소처럼 얌전한 미소를 지으며 차가운 보리차를 내주었다. 그때 오사나이는 내가 배신할 줄은 생각도 못 했을 것이다.

신뢰를 배반하는 것은 너무나 괴로운 일이다. 오사나이에게는 정말 미안할 따름이다. ……하지만 내가 그 사실에 흥분한 것도 틀림없는 사실이다.

자, 결심을 했으니 행동으로 옮기자. 그리고 행동하는 이상 탄로 나지 않도록 철저히 해야 한다.

나는 가만히, 손을 뻗었다.

지긋지긋한 더위 탓에, 모두가 이상해졌다. 나도, 그리고 오사나이도. 모든 것이 평소와 똑같았다면 감히 이런 생각은 하지도 않았을 것이다.

생각해보면 어제부터 뭔가 어긋나기 시작했다.

2

고등학교 2학년 여름방학.

방학 첫날 오사나이가 우리집을 찾아왔다.

해질녘, 초인종 소리에 이번엔 무슨 잡상인인가 현관으로 나가보니 오사나이가 서 있었다. 안장을 끝까지 내린 자전거와 함께. 그렇지 않아도 어려 보이는 오사나이가 반짝거리는 탱크톱에 핑크색 베레모를 걸치고 있으니 실제 연령과 외모의 격차를 피할 수 없었다. 오사나이의 사복 차림은 대개 어딘가 변장 같은 느낌이 난다.

검은 머리의 오사나이가 말없이 나를 올려다보고 있었다.

대체 무슨 용건인가 의아해하는 내게 오사나이는 천천히 지도를 보여주었다.

"고바토, 이게 뭔지 알아?"

알고말고. 모를 수가 없다. 이 동네 지도다. 다만 군데군데 메모가 있었다. 지도 여기저기에 빨간 표시가 있고 그 옆에 고유명사 같은 글자가 적혀 있다. 처음에는 그게 뭔지 몰랐지만 "험프티 덤프티"라는 이름을 발견하고 감을 잡았다. 나는 어이없다는 표정을 드러내며 이렇게 대답했다.

"이 동네 디저트 가게 위치를 표시한 지도네."

오사나이는 고개를 작게 끄덕이다가 세차게 도리질을 쳤다.

"그렇지만, 그렇지 않아."

"그렇다면?"

"이건 말이야."

비밀을 고백하듯 진지한 눈빛이다.

"나의 올여름 운명을 좌우할……."

"운명……."

"'오사나이 여름 스위트 셀렉션'."

나는 천천히 현관문을 닫았다.

여름방학 첫날밤을 어떻게 보낼지 고민하면서 내 방으로 돌아가려는데, 초인종이 다시 울렸다. 두 번, 세 번. 한숨을 쉬고 현관으로 돌아갔다. 오사나이는 변명도, 원망도 하지 않고 말없이 다시 내게 지도를 내밀었다.

"있지, 내가 달콤한 걸 싫어하는 건 아니지만 오사나이만큼 좋아하지도 않는다는 걸 꼭 좀 알아줬으면 해."

오사나이의 표정이 별안간 어두워졌다.

"안 받아줄 거야?"

굳이 정색하고 거절할 이유도 없지.

"받을게."

"다행이다. 그럼 내일 같이 가는 거야."

어? 나는 어리둥절해하며 집게손가락으로 나를 가리켰다.

"내가? 오사나이하고?"

"응."

무슨 말인지 잘 모르겠다. 내가 왜 오사나이하고 디저트 가게에?

오사나이와 둘이서 달콤한 디저트를 먹으러 가본 적이 없는 것은 아니다. 사실 자주 가봤다. 다만 왜 굳이 여름방학에 가야 하는지 모르겠다.

모든 성격이 그렇다고 할지도 모르지만 소시민이라는 스타일은 남들과의 인간관계 속에서 확립되는 법이다. 그리고 고등학교 2학년인 우리의 인간관계는 학교 안에서 집중적으로 형성된다. 그러니 우리의 상부상조 관계도 필연적으로 학교에 있을 때만 성립한다. 나와 오사나이는 학교에 있을 때는 종종 함께 행동하지만 휴일에 만난 적은 거의 없었다. 하물며 여름방학에는 만날 필요가 전혀 없다. 실제로 작년 여름방학 때는 한 번도 만나지 않았다.

"왜 그래? 무슨 이유라도 있어?"

그렇게 묻자 오사나이가 목소리를 조금 낮추었다.

"올여름 계획을 완수하려면…… 무슨 일이 있어도 고바토 같은 사람이 필요해."

디저트 제패 계획에 어째서 내가 필요한지 도통 짐작을 못 하겠다. 그렇게 짐작도 못 한 채로 순순히 물러나는 것은 뭐랄까, 대단히 괴롭다. 표정에 불만스러운 감정이 드러난 모양이다. 오사나이 앞에서는 거리낌없이 머리를 굴리는 습성이 나와버리니 큰일이다. 대체 무슨 꿍꿍이속인지 캐묻고 싶어 어쩔 줄 모르고 있는데, 오사나이가 나를 올려다보면서 고개를 살짝 기울이고 기어들어가는 목소리로 말했다.

"가기 싫어?"

그런 식으로 물으면…….

"그렇지는 않은데."

오사나이가 대번에 환하게 웃었다.

"그래, 다행이야. ……그럼 내일 1시에 봐."

또 한 장의 종이를 내밀었다. 그걸 본 나는 할말을 잃었다.

〈오사나이 여름 스위트 셀렉션〉

베스트 10!

1. 〈세실리아〉 여름철 한정 트로피컬 파르페

2. 〈팅커 링커〉 복숭아 파이

3. 〈무라마쓰야〉 사과 사탕 (←판매 시기 주의!)

4. 〈벚꽃 암자〉 아이스크림 2종 세트 (←검은깨&두유)

5. 〈기라 파크 휴게소〉 스페셜 선디

6. 〈라프랑스〉 복숭아 밀푀유

7. 〈베리베리 산야도리 지점〉 프로즌 수박 요구르트 (←생크림 토핑)

8. 〈라이트레인〉 황도 파르페

9. 〈아스카〉 녹차 빙수 (←통팥으로 주문)

10. 〈제프 벡〉 망고 푸딩

베스트 10은 아니지만 필히! 주목! 여름철 한정 아닌 상품 포함

A급

〈빨간 두건〉 레어치즈케이크

〈앨리스〉 자몽 타르트

〈플랜태저넷〉 암브로시아 케이크

〈가스가 제과 가지마치 직판장〉 팥떡 (←추석 한정)

〈레몬시드〉 카눌레 (←테이크아웃 한정)

〈콘포크〉 지트로넨 슈니텐*

〈험프티 덤프티〉 판나 코타 (←다시 봉인중……)

〈카노사〉 홍차 사브레

〈라로슈〉 오리지널 쿠키 세트

〈동백 정원〉 고사리떡

B급

〈카페 타임〉 초콜릿 시폰

〈얼그레이2〉 티라미수

〈감천〉 안미쓰**

〈탈리오〉 하프&하프 슈크림

〈귀네비어〉 파인애플 와플

〈긴센도〉 백옥 당고***

---

* 레몬 커드를 넣은 독일식 버터크림 케이크.

** 우무, 삶은 팥, 말린 살구 등에 꿀이나 조청을 얹어 먹는 화과자.

*** 쌀가루나 밀가루에 따뜻한 물을 부어 만든 반죽을 삶거나 찐 후 작고 둥글게 빚어 만든 화과자.

〈트라이앵글〉 복숭아 롤케이크

〈트리코롤 마쓰나미 빌딩 지점〉 사바랭*

〈카페테리아 가가와〉 포도 파운드케이크

〈문스톤〉 바움쿠헨

이거 대체 어찌 반응해야 할지…….

설마 여기를 전부 돌자는 말은 아니겠지?

이튿날. 약속 시간인 1시에 맞춰 준비했는데 오사나이가 오만하기 짝이 없는 문자를 보내왔다.

미안해. 사정이 생겨서 집에서 나갈 수가 없어. 10위 가게에서 망고 푸딩 두 개하고 자몽을 곁들인 샬럿 네 개 좀 사서 우리집으로 와줘. 미안해.

첫머리와 마지막에 미안하다는 말만 붙이면 그만인 줄 아나? 오사나이는 어제 우리집에 왔을 때 이미 오늘 외출하지 못할 줄 예상했던 게 아닐까? 그렇다면 편리한 심부름꾼으로 이용당한 꼴이다. 그래도 그 점은 그리 화가 나지 않았다. 오사나이가 나를 이용하는 것은 내가 오사나이를 이용하는 것

* 프랑스식 생과자로 럼주나 매실즙 등을 넣고 만든 둥근 원통형의 케이크.

과 마찬가지로 흔한 일이니까.

내가 화가 난 이유는 그날의 맹렬한 더위 때문이었다. '오사나이 여름 스위트 셀렉션'에는 서른 곳에 달하는 가게가 표시되어 있었다. 순위표를 보니 10위는 '제프 벡'. 처음 가보는 가게지만 우리집에서 오사나이네 맨션으로 가는 길 부근에 있다는 점은 고마웠다. 만약 동네 반대편에 있었다면 어지간히 중요한 이유가 있어도 분명 가지 않았을 것이다. 그 정도로 오늘은 더웠다.

고기압이 일본 열도를 꽁꽁 감싸고 있어 집에서 나온 12시 현재, 기온은 36도를 돌파했다. 하루 종일 맑을 경우 기온이 가장 높은 시간대는 대략 오후 2시니까 앞으로도 기온은 상승할 터였다. 대기에 습기가 적어 마른 더위라는 게 그나마 다행이지만 자전거 페달을 밟는 동안 내 목덜미는 순식간에 땀에 젖어버렸다.

지도를 보면서 제프 벡을 찾았다. 여기에 디저트 가게가 있다고 광고하듯 프랑스 국기가 펄럭이고 있어 크게 고생하지 않고 찾을 수 있었다. 차양이나 간판도 새것이고 벽도 예쁜 크림색이었지만 빛바랜 양철 지붕으로 보건대 낡은 건물을 리모델링한 것 같았다. 그런 건 아무래도 상관없다. 가게 안 에어컨 바람이 시원할지가 문제다.

다행히 그것은 기우였다. 디저트 카페는 생과자도 많이 다루므로 슈퍼마켓과 마찬가지로 식품위생상 내부가 시원해야 한다. 자동문처럼 생긴 주제에 사람 손으로 여닫아야 하는 미닫이문을 열고 가게 안으로 들어간 순간 흘러나온 시원한 바람에 안도하며 주머니에서 손수건을 꺼내 땀을 닦았다.

그런데.

"이럴 수가……."

허브 잎사귀 한 장이 장식된 예쁜 오렌지색 푸딩. 이게 망고 푸딩이다. 한편 샬럿이라고 적힌 명패 뒤에는 삼각기둥 모양의 하얀 케이크가 놓여 있었다. 홀 케이크를 여덟 조각으로 자른 듯했는데 수가 모자랐다. 망고 푸딩은 충분했지만 샬럿은 세 개밖에 없다. 오사나이는 네 개를 사 오라고 했는데.

"예, 어서 오세요."

앞치마를 두르고 안에서 나온 여성에게 물었다.

"죄송합니다. 기다리면 케이크 더 나오나요?"

점원은 나를 흘겨보더니 퉁명스럽게 대답했다.

"여기 있는 게 다예요."

그렇습니까. 뭐, 1시 약속이라 별로 여유도 없으니 나온다고 해도 기다릴 수는 없지만. 없는 걸 살 수는 없으니 망고 푸딩 두 개와 샬럿 세 개를 샀다. 아무리 오사나이의 태도가 이상하다지만 없는 것까지 사 오라고 하지는 않겠지.

점원은 역시나 퉁명스럽게, 하지만 능숙하게 두 종류의 케이크를 종이 상자에 담았다. 나는 그 모습을 곁눈질로 보며 오사나이에게 문자를 보냈다.

—케이크 샀어.

—고마워. 빨리 먹고 싶다.

케이크가 부탁한 수량보다 적다는 사실을 넣지 않은 이유는 단순히 내가 문자를 보내는 손이 느리기 때문이다. 어차피 곧 만날 테니 직접 말하면 된다.

휴대전화를 주머니에 넣었는데도 점원은 여전히 케이크를 포장하고 있었다. 시간이 걸리네. 챙겨 갈 건 없나 주위를 살피니 카운터 옆 바구니 안에 공짜 휴대용 티슈가 쌓여 있었다. 동네 신용금고 광고인 것 같았다. 마침 가진 것도 없고 해서 가져가려고 손을 뻗는데 점원이 불렀다.

"오래 기다리셨습니다."

손을 거두었다. 케이크는 두 개의 종이 상자에 나누어 담겨 있었다. 망고 푸딩이 든 상자와 샬럿이 든 상자. 이 크기라면 두 상자를 포개어 자전거 앞 바구니에 넣을 수 있겠다. 다섯 개를 한 상자에 넣어주었다면 고생했을 것이다. 이 점원은 살갑지는 않지만 의외로 사려 깊은 사람일지도 모르겠다.

3

오사나이 가족은 맨션 3층에 살고 있다. 벽이 크림색인 훌륭한 맨션이다. 세대수도 많다. 몇 번 들른 적이 있어 헤맬 일은 없었다.

문을 두드리자 시원해 보이는 흰색 원피스를 입은 오사나이가 나와 집안으로 안내해주었다.

"미안해, 심부름을 시켜서. 더웠지?"

"심부름은 상관없는데, 맞아, 더워서 죽는 줄 알았어."

집에 다른 사람의 기척은 없었다. 오사나이는 외동딸이고, 부모님은 맞벌이라 두 분 다 출근이 이르고 귀가는 늦다고 한다. 그래서 그런지 이 집에 올 때마다 생활감이 희박했다. 그러고 보니 오사나이의 부모님을 뵌 적이 없다. 딸이 아직 고등학교 2학년인데 이만한 맨션을 샀으니 고소득 직종에 종사하겠지만. 혹시 유산 같은 건 아닐까? 지금까지 그런 이야기를 한 적도 없고, 앞으로도 아마 할 일은 없으리라. 에어컨은 돌아가고 있었지만 설정 온도가 높은지 별로 시원하지 않았다.

"거실에서 기다려. 차가운 보리차 마실래?"

"마실래."

당장 마시고 싶다.

마루가 깔린 거실에서 카펫 위에 놓인 낮은 테이블 앞에 앉았다. 두 손으로 들고 온 케이크 상자도 테이블 위에 내려놓았다.

오사나이는 맥주잔에 보리차를 따라서 가져왔다. 어째서 맥주잔이 있는지 의아했지만 꿀꺽꿀꺽 마셨다. 마음 같아서는 단숨에 비우고 싶었지만 이가 시릴 정도로 차가운 보리차를 맥주잔으로 한 잔 가득 마시기는 어려웠다. 반밖에 못 마셨다.

다시 주방으로 간 오사나이가 이번에는 두 손에 커피잔을 들고 돌아왔다. 물을 끓였다면 더 늦게 돌아왔을 테니 커피메이커가 있는 모양이다. 커피에서 김과 짙은 향기, 열기가 피어올랐다. 나는 주머니에서 손수건을 꺼내 땀이 맺힌 이마를 닮았다.

다음으로 가져온 것은 작은 접시와 스푼.

“그럼 케이크를 먹을까?”

그렇다면 정말 둘이서 케이크를 먹으려고 나를 불렀다는 뜻이다. 그러니까 나는 그 정도로 단 음식을 좋아하지는 않는다고 몇 번을 말해야……. 오사나이는 어이없어하는 나에게 아랑곳하지 않고 유난히 진지한 얼굴로 마치 보물 상자라도 열 듯 천천히 케이크 상자로 손을 뻗었다.

그때, 전화가 울렸다.

단조로운 전자음. 휴대전화 호출음이었다. 내 건 줄 알고 주머니에 손을 뻗었지만 오사나이에게 걸려온 전화였다. 오사나이는 이 전화를 기다리고 있었던 건가? 마룻바닥에 던져놓았던 휴대전화에 말 그대로 와락 달려들었다. 오사나이는 동작이 가볍다.

“여보세요, 어때?”

나를 흘깃 쳐다보았다.

“미안, 잠깐만.”

전화 상대방에게 그렇게 말하더니 내게도 똑같은 말을 했다.

“미안, 잠깐만.”

그러더니 황급히 거실에서 나가버렸다. 남은 것은 나와 케이크와 커피뿐.

가만히 기다리기만 하면 뭐하나 싶어 케이크 상자를 열었다. 자전거 바구니 안에서 조금 흔들렸는데도 망고 푸딩도 샬럿도 뭉개지지 않았다.

망고 푸딩은 투명한 플라스틱 컵에 들어 있었다. 오렌지색 푸딩 위에는 약간의 생크림과 크랜베리 한 알, 허브 잎사귀 한 장이 얹혀 있었다. 자세히 보니 네모나게 자른 과육이 몇 개 박혀 있다. 맛있겠……지? 나는 망고를 먹어본 적이 거의 없다.

샬럿은 여덟 조각으로 큼직하게 자른 타르트하고 비슷하게 생겼는데, 타르트 파이 반죽과 달리 바깥쪽을 약간 노릇하게 구운 부드러운 스펀지케이크였다. 속에는 뭐가 들었을까? 하얀색인데 먹어보기 전에는 식감도 맛도 상상이 가지 않았다. 금색 마분지 받침대에 놓인 샬럿은 투명 필름으로 감싸여 있었다. 밑면도 스펀지케이크다. 위에는 루비 자몽이 얹혀 있다. 시큼할 텐데 케이크에 어울릴까?

망고 푸딩은 하나씩. 샬럿은 내 앞에 하나를 놓고 오사나이의 자리에 두 개를 놓았다. 샬럿이 네 개였다면 두 개씩 먹었겠지만 세 개밖에 못 샀으니 오사나이가 두 개를 먹는 것은 지극히 자연스러운 일이다. 딱히 오사나이가 그렇게 해달라고 말한 건 아니지만 케이크가 세 개인데 내가 두 개, 오사나이가 한 개를 먹는 것은 물이 거꾸로 흐르는 꼴이나 마찬가지다. 자연의 섭리에 어긋난다.

케이크를 차려놓고 기다렸다. 에어컨 돌아가는 소리만 들렸다. 귀를 기울여봤지만 통화하는 오사나이의 목소리는 들리지 않았다.

뭐, 굳이 오사나이하고 사이좋게 마주앉아 케이크를 먹을 필요는 없다. 딱히 원했던 것도 아닌데 왜 케이크를 먹게 되었는지 모르겠지만, 눈앞에 케이크와 커피가 있으면 할 일은 하나뿐이다. 단 음식을 그리 좋아하지는 않지만 나는 오늘 아침부터 아무것도 먹지 못했다. 너무 더워 식욕이 떨어졌는데도 이렇게 음식이 눈앞에 있으니 허기가 졌다.

"먼저 먹을까……."

혼자 중얼거리고 스푼을 들었다.

뭐부터 먹을까 조금 고민하다가 샤럿을 먼저 먹기로 했다. 망고의 단맛보다 자몽의 신맛이 더 당겼기 때문이다.

그런데 이 샤럿이, 기가 막힌 일품이었다.

나는 스푼을 쥔 채로 감동에 떨었다.

세상에…….

세상에 이렇게 맛있을 수가!

거품이 사르르 녹는 듯한 매끄러운 식감에 있는 듯 없는 듯 아련한 단맛. 스펀지케이크 안쪽은 크림치즈 풍미의 바바루아*였다. 튀지 않는 부드러운 치즈 맛을 지긋이 음미하고 있으면 안쪽에 숨은 마멀레이드 같은 소스가 대번에 입안을 깔끔하게 마무리해준다. 이 샬럿은 홀 케이크를 여덟 조각으로 자른 것이었는데, 겉으로 봤을 때는 그런 소스가 숨어 있는 줄 몰랐다. 아무래도 조각으로 자른 다음에 스포이트 같은 걸로 바바루아 안에 소스를 주입한 것 같다. 손이 많이 가는 작업이지만 확실히 깜짝 선물 같은 맛이었다. 신맛과 단맛이 이토록 잘 어우러진 케이크는 처음 먹어본다.

사실 오사나이가 좋아하는 술맛이나 단맛이 뚜렷한 디저트는 그다지 내 취향이 아니다. 이 샬럿은 그보다는 상큼하고 가벼운 쪽을 좋아하는 내 입맛을 구체화한 듯했다. 나는 체면도 잊고 푹 빠지고 말았다.

바깥쪽의 스펀지케이크는 평범한 맛이었지만 배가 고팠던 터라 속이 든든해져서 또 좋았다. 뜨거운 커피를 중간중간 홀

* 우유, 크림, 과일 퓌레로 만든 크림을 이용한 과자로 케이크 충전재로 사용하기도 한다.

짝이며 뭐에 홀린 듯이 스푼을 놀렸다. 정신을 차리고 보니 싹 먹어치운 뒤였다. 정말 행복한 체험이었다. 마지막으로 커피로 여운을 씻어내고 깊은 한숨을 내뱉었다.

역시 오사나이가 올여름 운명을 걸고 선택한 가게라 다르다. 아니, 이 샬럿은 꼭 여름에만 먹을 수 있는 건 아닐 테니 오사나이의 진짜 목적은 망고 푸딩이겠지만, 그나저나 정말 최고였다. 오사나이도 분명 기뻐하겠지.

오사나이…….

"아직도 전화하고 있나?"

돌아올 기미가 없다.

조금 기다려보았지만 아무 소리도 나지 않았다. 여전히 에어컨 돌아가는 소리뿐.

방금 먹은 케이크는 정말 맛있었다. 나는 아침부터 아무것도 먹지 못해 빈속이다. 오사나이는 달콤한 디저트를 정말 좋아하고, 무서울 정도로 집착한다.

……하나 더, 먹고 싶다.

문득 그런 충동이 나를 사로잡았다.

남은 샬럿은 두 개…….

내가 지금 무슨 생각을? 나는 소스라치게 놀랐다. 식은땀이 줄줄 흐르는 것 같아 손수건으로 목을 훔쳤다.

설마, 내가…… 오사나이 몫을 탐내는 건가?

어떻게 감히? 방금 전 나는 오사나이가 한 개, 내가 두 개를 먹는 건 자연의 섭리에 어긋나는 일이라고 생각하지 않았던가? 오사나이는 분명 이 샬럿의 맛이 최고라는 것을 알고 있을 것이다. 더군다나 내가 한 사람당 두 개씩 먹을 수 있는 양을 사 왔을 거라 생각하고 있다. 실제로 오사나이 몫은 두 개인데 하나를 가로채려 하다니…….

나는 당혹스러워하면서도 욕망에 눈을 뜨고 말았다.

오사나이의 케이크를 가로챈다……. 이 얼마나 사악하고 감미로운 음모인가!

"큰일났네. 먹고 싶어……."

일 분만 더, 아니, 삼십 초만 더 기다리자. 그사이 오사나이가 돌아오면 웃는 얼굴로 그녀를 맞이하고 제프 벡의 샬럿을 절찬하며 두 개의 샬럿을 먹어치우는 오사나이를 잠자코 지켜보자. 하지만 만약 돌아오지 않는다면…….

그때는…….

오사나이는 돌아오지 않았다.

굼뜨게 움직이던 시곗바늘이 문자판을 반 바퀴 돌았을 때, 나는 결심했다.

모든 것은 이 지긋지긋한 더위 탓이다. 나는 그렇게 결론을 내렸다. 모든 것이 평소와 똑같았다면 나는 분명 이런 생각을 하지 않았을 것이다.

결심을 했으니 행동으로 옮기자. 그리고 행동하는 이상 탄로 나지 않도록 철저히 해야 한다.

오사나이가 믿도록 만들어야 한다. ……샬럿은 처음부터 두 개밖에 없었다고.

4

가와나카지마 전투. 전국시대를 대표하는 영웅 다케다 신겐과 우에스기 겐신의 대결로 굉장히 유명한 전투다.

하지만 가와나카지마 전투는 역사상 중요한 싸움은 아니다. 다섯 번에 걸쳐 가와나카지마에서 대치한 다케다군과 우에스기군은 자잘한 싸움을 되풀이했고, 전투라고 할 만한 규모로 싸운 것은 단 한 번뿐. 빈말로도 역사의 전환점이라고는 할 수 없다. 세키가하라 전투*나 오사카 전쟁**과는 비교하는 것도 어리석은 노릇. 차라리 나가시마 전투***가 후세에 더

* 일본 역사에서 도쿠가와 가문이 패권을 확립한 전투로 소위 천하를 판가름한 전투라 불린다.

** 도쿠가와 이에야스의 에도 막부와 도요토미 일족 사이에 벌어진 전쟁.

영향을 끼쳤다고 할 수 있다. 실제로 후나도 고등학교에서 쓰는 교과서에 가와나카지마 전투는 실려 있지도 않다.

역사적으로 중요하지 않은 국지전에 지나지 않는 가와나카지마 전투가 이토록 유명한 이유는 무엇일까?

그 해답은 오로지 두 영웅의 대결이라는 낭만에 있다. 거국적으로 중요하다거나 역사상 중요한 위치를 차지했는지는 상관이 없다. 용호상박이야말로 가와나카지마 전투가 지금껏 구전되는 이유다.

오사나이를 상대로 세 번째 케이크의 존재를 숨기려다가 문득 그런 생각이 들었다. 그렇다, 이것은 나와 오사나이 사이의 전쟁이다.

오사나이라면 싸움 상대로 손색이 없다. 전혀, 없다.

이것이 전쟁이라면 전쟁터는 이 테이블 위로 국한된다.

기억을 더듬어봤지만 나는 오사나이에게 제프 벡에서 샬럿을 몇 개 샀는지 말하지 않았다. 오사나이에게 보낸 문자에도 케이크를 샀다고만 했고, 이 집에 들어온 후에도 밖이 더웠다

*** 1570년부터 1574년에 걸쳐 이세 나가시마를 중심으로 정토진종 혼간지 교단이 봉기한 전쟁으로 오다 노부나가와 세 번에 걸쳐 격렬한 싸움을 벌였다.

는 말밖에 하지 않았다. 오사나이는 케이크 상자를 열려다가 전화가 와서 거실로 나갔다. 즉 상자 속은 보지 않았다. 언젠가 돈은 받아야 하지만 케이크값이 얼마인지도 아직 말하지 않았다.

그것은 곧 이 테이블 위의 케이크를 적절하게 처리하면 오사나이는 세 번째 샬럿의 존재를 알 길이 없다는 뜻이다.

그렇다면 테이블 위에는 무엇이 있는가. 언뜻 봤을 때 상관이 없을 거라고 의식 속에서 배제하는 실수를 저지르지 않도록 하나하나 검토했다.

시간제한도 있다. 오사나이가 무슨 용건으로 전화하고 있는지는 모르겠지만 영원히 떠들 리는 없다. 여기서 오사나이의 말소리가 들리지 않는다는 것은 통화가 언제 끝날지 나는 알 수 없다는 뜻이다. 사고와 행동에 소비할 시간이 얼마나 되는지 알 길이 없다. 그렇다면 최소의 동작으로 최대의 효과를 얻어야 한다.

테이블 위에 있는 물건은 다음과 같다.

(1) 텔레비전 리모컨. 에어컨 리모컨. 재빨리 훑어보았지만 바바루아 부스러기는 떨어져 있지 않다.

(2) 화장지 상자. 새것.

(3) 망고 푸딩. 두 개. 새것.

(4) 샬럿. 두 개. 새것. 환상의 맛.

(5) 케이크 상자가 두 개. 빈 상자지만 아무것도 없는 것은 아니다. 종이 냅킨이 들어 있다. 그리고 이게 중요한데, 상자 바닥에 종이 롤이 셀로판테이프로 붙어 있다. 어째서 종이 롤이? 이유는 아까 상자를 열었을 때 눈치챘다. 이동할 때 상자 속에서 케이크가 흔들려 뭉개지거나 쓰러지지 않도록 케이크를 고정하기 위해 붙여놓은 것이다.

망고 푸딩 상자와 샬럿 상자는 종이 롤이 붙어 있는 위치가 달랐다. 케이크는 두 종류, 모양도 다르고 숫자도 다르니 미끄럼 방지 위치도 당연히 다른 것이다. 종이 롤은 망고 푸딩 상자에 두 개, 샬럿 상자에는 세 개가 붙어 있다.

(6) 샬럿을 받치고 있던 두꺼운 금색 마분지. 바바루아가 조금 묻어 있다. 이게 남아 있으면 말짱 도루묵이다.

(7) 또 하나, 케이크를 감싸고 있던 필름. 여기에도 바바루아가 묻어 있다. 이것도 세 번째 케이크의 존재를 직접적으로 시사하는 증거다.

(8) 내가 사용한 스푼. 여기에도 바바루아가 묻어 있다. 한편 오사나이가 사용할 스푼도 당연히 마련되어 있다.

(9) 커피. 평범하기 그지없는 하얀 커피잔이 두 개. 오사나

이의 커피는 그대로다. 내 커피는 반쯤 줄어 있다.

(10) 보리차. 땡볕에 찾아온 나를 위해 오사나이가 따라준 것. 맥주잔에 절반쯤 남아 있다.

(11) 작은 접시. 이 접시에 샬럿을 덜어 스푼으로 먹었다. 단, 케이크는 마분지 위에 있었으므로 접시에는 아무 흔적도 없다.

자, 뭘 어떻게 하면 오사나이의 눈을, 그것도 달콤한 디저트를 앞에 둔 오사나이의 눈을 속일 수 있을까?

필름과 마분지는 반드시 처분해야 한다. 이게 먼저다. 나는 거기에 묻어 있던 바바루아를 스푼으로 닥닥 긁고, 그래도 남아 있는 건 싹 닦아서 몽땅 주머니 속에 쑤셔넣었다.

그리고 케이크 상자. 상자 바닥에 남아 있는 미끄럼 방지 종이 롤, 이게 문제다. 망고 푸딩이 담겨 있던 상자를 보니 망고 푸딩을 두 개 넣고 미끄러지지 않도록 하려면 이 위치가 좋겠다 싶은 자리에 종이 롤이 붙어 있었다. 한편 샬럿이 담겨 있던 상자. 이쪽은 판단하기 약간 어렵지만 도형을 해석할 능력만 충분하다면 이 종이 롤이 두 개가 아니라 세 개의 케이크가 미끄러지는 것을 방지하려고 붙여놓았다는 것을 추측해낼 수 있을 것 같다. 오사나이의 능력을 얕잡아보는 건 금물이다. 이 종이 롤을 어떻게 한다?

가장 좋은 방법은 세 개의 롤을 전부 뜯어내 샬럿이 두 개였을 경우 있었을 위치에 도로 붙이는 것이다. ……하지만 찰싹 붙어 있는 셀로판테이프를 흔적 없이 뜯어내 알맞은 위치를 고려해서 다시 붙이는 작업은 귀중한 시간을 크게 앗아간다. 그 작업을 하고 있을 때 오사나이가 돌아와 "고바토, 뭐해?"라고 물으면 이 싸움은 내 패배로 끝난다.

그렇다고 이걸 그대로 둘 수도 없다.

전부 뜯어낼까? 아니, 그 경우 샬럿 상자뿐만 아니라 망고 푸딩 상자의 미끄럼 방지 장치도 뜯어내야 한다. 그러지 않으면 어째서 한쪽 상자에만 종이 롤이 붙어 있는지 의심할 수 있다. 그리고 다섯 개를 전부 흔적 없이 깔끔히 떼어내는 것도 대단히 시간이 걸리는 작업이다.

작업 시간을 최소화하면서 종이 롤에서 추리의 실마리를 얻지 못하게 할 방법은 무엇인가? 나는 상자에서 종이 냅킨을 꺼낸 다음 세 개의 종이 롤 가운데 하나만 신중하고도 재빠르게 뜯어냈다. 뜯어낸 종이 롤도 주머니 속에 넣었다.

남은 두 개의 종이 롤을 관찰한 나는 만족했다. 구도가 흐트러져 무질서해 보였다. 두 개의 케이크를 고정시키는 장치로는 보이지 않을지도 모르지만 세 개의 케이크를 지탱하고 있었던 것처럼 보이지도 않을 것이다.

그 밖에 케이크와 직접 관계된 물건. 스푼이다. 스푼에 묻은 바바루아를 어떻게 설명할 것인가?

나는 순간적으로 두 가지 해결법을 이끌어냈다. 하나는 이 바바루아를 싹 빨아먹는 것. 이것은 가장 단순하고도 완벽한 은폐술이다. 아무리 오사나이라도 스푼에 침이 묻어 있는지 감정하지는 않을 것이다. 아마도.

하지만 나는 다른 방법을 택하기로 했다. 오사나이의 뱃속에 들어가는 게 자연스럽지만 내게 약탈당할 운명의 샬럿으로 손을 뻗어 작은 접시에 옮겨 담았다. 그리고 되돌릴 수 없는 행위임을 충분히 인식하면서 스푼으로 샬럿의 한 귀퉁이를 잘라냈다. 이로써 이 스푼을 사용했다는 핑계가 성립된다. 그리고 동시에 이 샬럿은 나의 것이 되었다.

스푼으로 바바루아를 떠서 입으로 가져갔다. 배신행위를 의식해서 그런지 아까보다 훨씬 맛있게 느껴졌다.

잊어서는 안 되는 것이 돈 문제다. 오사나이에게 망고 푸딩 하나와 샬럿 하나의 값을 청구하면 완벽한 더치페이가 되지만 영수증을 보여달라고 하면 큰일이다. 영수증은 지금 내 주머니 속에 있다. 필름과 마분지와 함께. 영수증을 안 받았다고 하면 그만이겠지. 어설프게 주머니에서 꺼내 쓰레기통에 버리면 괜히 벌집만 쑤시는 꼴이다.

이로써 케이크와 관련된 물건은 전부 처리했다. 완벽할까? 다시 한번 테이블을 둘러보았다. 케이크가 세 개 있었다는 사실을 보여주는 증거는 하나도 없는 것 같았다.

하지만 나는 안도의 한숨을 쉬려다가 꿀꺽 삼키고 말았다.

"망했다……."

이럴 수가, 오사나이가 결정적으로 의심을 품을 증거가 눈앞에 남아 있지 않은가! 나는 머리를 싸매고 싶었다. 하필 케이크에 스푼을 댄 후에 깨닫다니!

커피다. 커피가, 줄어 있다.

나는 땡볕을 헤치고 왔다. 더위에 꽤나 시달려 차가운 보리차를 맥주잔으로 절반이나 단숨에 들이켰다. 그것은 부자연스럽지 않다. 실제로 자연스럽게 취한 동작이었다.

하지만 지금 테이블 위에 보리차는 처음 마셨던 상태 그대로 남아 있는데 커피만 반으로 줄어 있다. 이 더위 속에서 차가운 보리차가 있는데도 뜨거운 커피를 먼저 마시다니 누가 봐도 이상하다. 어째서 보리차가 아니라 커피를 마셨나. 케이크와 함께 들기에는 커피가 어울리니까. 나라면 그 위화감을 알아차릴 테고, 아마 오사나이도 눈치챌 것이다.

방심하기 전에 알아차렸으니 그나마 다행이다. 하지만 이미 마셔버린 것은 어쩔 수가 없다. 어쩐다? 필사적으로 해결법을 찾았다. 당장이라도 오사나이가 돌아와서 '어라, 고바토, 왜 커피만 마셨어?'라고 물을 것 같아 식은땀이 목덜미를 타고 흘러내렸다.

이미 마신 커피를 복구시킬 방법. 줄어든 것을 늘릴 방법. 보리차가 조금이라도 남아 있는 한 어째서 커피를 마셨는가 하는 의문은 남게 된다. 이것을 완전히 차단하려면 보리차를 전부 마시는 방법도 있기는 하다. 하지만 맥주잔에 절반이나 남아 있던 보리차를 다 마셔놓고 커피까지 반이나 마시면 새로운 의문을 불러일으키는 화근이 된다.

어떻게든 커피를 늘려야 한다. 주방으로 가서 아마도 거기 있을 커피메이커에서 따라 오는 건 어떨까? 아니, 아무리 그래도 그건 손님이 취할 행동이 아니다. 그렇다면 오사나이의 커피를 내 잔에 조금 따를까? 그것도 어렵다. 오사나이의 날카로운 눈썰미라면 자기 몫의 커피가 줄었다는 걸 알아차리고도 남을 것이다.

아니면……. 고민할 시간은 없다. 나는 눈을 굳게 감았다.

"어쩔 수 없다!"

나는 보리차가 든 맥주잔을 움켜잡고 커피잔 가장자리에 가져다 댔다. 그리고 보리차를 커피에 따랐다.

보리차가 조금 섞였지만 커피의 검은색이 워낙 짙어 눈에 띌 정도로 색이 변하지는 않았다. 보리차가 맥주잔 밖으로 상당히 쏟아졌지만 재빨리 닦았다.

이제 됐을까? 이번에야말로 완벽할까?

한 번 더 테이블 위를 꼼꼼히 조사할 시간은 없었다. 슬라이드 문이 열리더니 오사나이가 휴대전화 액정을 원피스 자락으로 닦으며 돌아왔다.

"미안해. 친구 전화였어. 기다릴 필요 없었는데……. 와아, 망고 푸딩. 고마워, 이거 정말 먹고 싶었어."

천만에. 나는 싱긋 웃었다.

5

망고 푸딩에 시선을 쏟으며 자리에 앉은 오사나이는 아니나 다를까 바로 눈치챘다.

"어라? 샬럿이……."

"아아, 응."

나는 입술을 축였다.

"인기가 많은가 봐. 두 개밖에 안 남았더라."

아주 조금, 오사나이가 눈썹을 찌푸렸다.

"응. 제프 벡의 샬럿은 이 동네에서 으뜸이야. 하지만……그래, 다 팔렸구나……."

몹시 아쉬운 기색이다. 아아, 마음이 아프다.

"그럼 잘 먹겠습니다."

오사나이는 스푼을 들고 망고 푸딩과 샤렷을 진지한 눈빛으로 번갈아 보다가 샤렷을 가까이 끌어당겼다. 내 시선을 느낀 오사나이는 어쩐지 변명하듯 설명 같지 않은 설명을 했다.

"아, 아껴 먹을 건 아껴두거든."

딱히 의심하는 낌새는 없었다. 그야 그렇겠지. 아무리 오사나이라도 언뜻 보고 케이크가 세 개 있었다는 것을 알 리 없다. 분명 오사나이는 손색없는 라이벌이지만 이 싸움은 나의 기습이었고, 조금 비겁했으니까. 그런 생각을 하는데 생각지도 못한 질문을 받았다.

"미안해. 전화가 길어져서. 기다리는 동안 뭐하고 있었어?"

뭘 하기는, 샤렷을 먹어치우고 그 흔적을 은폐했습니다. 갑자기 대답할 수 없는 질문을 하다니. 나는 동요를 감추고 되도록 새침하게 대답했다.

"아아, 응. 더위 좀 식히고 있었어."

"흐음……? 하지만 여기……."

오사나이는 에어컨 리모콘에 왼손을 뻗었다.

"덥지 않았어? 온도가 27도로 설정되어 있는데."

바깥에 비하면 살 만하지만 확실히 설정 온도가 높은 편이다. 덥다고 생각한 건 긴장과 흥분 탓만은 아니었나. 오사나이가 리모컨을 누르자 에어컨이 전자음에 반응해 센 바람을 내뿜었다. 뭉근하게 배어 나오는 땀에 곤욕을 치르며 간신히 입을 열었다.

"남의 집 가전제품을 허락도 없이 건드릴 수는 없잖아."

"신경 안 써도 되는데……. 하지만 그러네. 눈치가 없어서 미안."

다행히 위화감이 의심으로 발전하지는 않은 듯했다. 안도했다.

샬럿을 스푼으로 떠서 한입. 오사나이는 순간 황홀경에 빠져 몸속 깊숙한 곳에서 스며 나오는 목소리로 탄식했다.

"역시 맛있어."

"정말 맛있네. 이렇게 말하면 뭐하지만 지금까지 오사나이가 추천해준 케이크 중에서 내 입에 가장 잘 맞아."

말실수를 한 것은 아니다. 나는 작은 접시 위의 케이크에 조금이나마 스푼을 댄 상태다. 맛에 대해서는 감상을 표현할 수 있다. 오사나이는 살짝 끄덕거리며 이번에는 바바루아를 한가득 떠서 입으로 가져갔다.

"이런 걸 좋아하면 다른 것도 추천해줄 수 있어. 여름 베스트 10에 들지는 못했지만……."

"와, 다음에 알려줘."

"응."

오사나이가 커피를 홀짝였다. 나도 덩달아 커피잔을 들었지만 내용물의 상태를 떠올리고 그만 멈칫하고 말았다. 하지만 그대로 잔을 내려두는 것도 이상하니 능청스럽게 한 모금 마셨다. ……아, 생각보다 끔찍한 맛은 아니다. 커피 냄새에 일본 전통의 향기가 미묘하게 가미된 정도다. 커피 맛이 압도적으로 강해서 보리차 맛은 거의 느껴지지 않았다.

나도 스푼으로 샬럿을 떴다. 자, 안심하고 즐겨보자.

하지만 그 한입을 마음놓고 즐길 수는 없었다. 어쩌다 오사나이의 턱에 바바루아가 묻어버린 것이다.

오사나이는 망고 푸딩이 들어 있던 상자에서 종이 냅킨을 꺼냈다. 고양이 세수하듯 손에 움켜쥐고 바바루아를 닦아냈다. 남은 종이 냅킨은, 한 장.

"끅…… ."

소스라치게 놀라 목구멍 속에서 이상한 소리가 났다. 한 장을 빼고 한 장이 남았다. 즉 종이 냅킨은 두 장 들어 있었던 것이다. 아까운 한입을 제대로 음미하지도 못하고 꿀꺽 삼켜버렸다.

두 개의 망고 푸딩이 들어 있던 상자에, 종이 냅킨이 두 장.

그렇다면 세 개의 샬럿이 들어 있던 상자에는 세 장의 종이 냅킨이 들어 있지 않을까?

종이 롤을 벗겨낼 때 샬럿 상자에서 종이 냅킨을 꺼냈다. 그 종이 냅킨은 테이블 위, 굳이 따지자면 내 쪽에 가까이 놓여 있었다. 한 번이라도 썼다면 몇 장인지 알았을 텐데, 섣불리 손을 대느니 그냥 두기로 했던 게 실수였다. 슬쩍 쳐다보았지만 포개진 종이 냅킨이 몇 장인지 눈으로만 봐서는 판단하기 어려웠다. 두 장일까, 세 장일까. 아니, 가령 세 장이라 해도 오사나이는 단순히 제프 벡 점원이 실수로 한 장 더 많이 넣었다고 판단할지도 모른다……. 그런 요행을 기대해도 되는 걸까?

아아, 젠장! 아무리 시간이 부족했다지만 이런 실수를 저지르다니!

"……고바토?"

아차.

"진짜 맛있다."

웃으며 말하자 오사나이도 미소를 지으며 대꾸했다.

"응."

"왜 이름이 샬럿이야?"

"응, 샬럿은 원래 모자의 일종이야. 조각 케이크로는 잘 모르겠지만 홀 케이크는 모자처럼 보여."

"아하. 통째로 먹어본 적이 있나 보네."

"딱 한 번……."

오사나이가 눈길을 떨어뜨린 틈에 종이 냅킨을 어떻게 해야 할지 생각해야 한다. 그냥 내버려둘까? 자연스럽게 대화를 풀어나가면서 은폐 공작을 궁리하며 스푼을 놀리다 보니 맛도 제대로 못 느끼는 사이에 귀한 샬럿은 점점 줄어들었다.

하지만……. 케이크 맛은 뭐, 부차적인 기쁨이다.

나는 고민하면서 커피잔 손잡이에 손가락을 끼워 슬쩍 밀었다. 잔이 크게 기울어 커피가 테이블에 쏟아졌다.

"앗!"

엎질러진 커피가 퍼져 나갔다. 내가 노렸던 것보다 조금 많이 쏟아졌다.

"미, 미안."

그렇게 사과하며 종이 냅킨에 손을 뻗었다. 물론 샬럿 상자에서 꺼내놓았던 냅킨이다. 두 장인지 세 장인지 모를 그 냅킨을 와락 움켜쥐어 엎지른 커피를 닦았다.

"어머, 어떡해. 잠깐만."

오사나이는 스푼을 내려놓고 새 화장지 상자를 뜯었다. 종이 냅킨은 이미 커피로 푹 젖어 있었다. 나는 그걸 손에 움켜쥐었다. 아무리 그래도 냅킨을 펼쳐 몇 장인지 세어볼 수는 없으니까.

오사나이도 화장지를 몇 장 빼서 거들어주었다. 생각보다 많이 쏟아지긴 했지만 잔을 홀랑 엎은 것도 아니다. 커피는 깨끗하게 닦아냈다.

"미안."

"응. 휴지통은 저쪽에 있어."

오사나이가 내 뒤쪽을 가리켰다. 난 손에 쥔 종이 냅킨과 오사나이의 화장지를 한꺼번에 돌돌 말아 휴지통에 버렸다.

이로써 증거는 무사히 은멸했다. 하지만 내가 봐도 삼류 연기처럼 어색했는데, 오사나이가 의심하지는 않을까? 태연한 척하고는 있지만 익숙하지 않은 잔꾀를 부리느라 적잖이 긴장했다. 에어컨은 아까보다 더 세게 돌아가고 있었지만 땀이 흐르는 것 같아 오사나이가 방금 뜯은 상자에서 화장지를 한 장 뽑아 이마를 닦았다.

오사나이의 표정을 힐끔 훔쳐보았다.

케이크에 탐닉하고 있는지 갑자기 눈을 감더니 깊이 음미하듯 고개를 몇 차례 끄덕였다. 전혀 의심하지 않는다면 그건 그것대로 조금 섭섭하다. 나는 그런 생각을 하면서 다시 스푼을 쥐었다.

이윽고 오사나이가 눈을 뜨더니 눈앞의 샬럿을 뚫어져라

쳐다보았다.

“그런데 고바토.”

“응.”

“이 케이크, 속에 소스가 숨어 있는데 무슨 소스일까?”

손이 멈추었다. 나는 아직 두 번째 샬럿 표면의 바바루아를 조금 베어먹었을 뿐이다. 소스까지 도달하지 못했다. 그러니 대답은 이래야 한다.

“소스가 있어? 난 아직 거기까진 못 먹었어.”

“그래?”

오사나이가 고개를 들었다. 눈과 눈이 마주쳤다. 오사나이는 천진하게 웃고 있었다. 자고로 오사나이가 천진하게 웃을 때는 최고로 맛있는 디저트를 먹었거나, 복수의 재료를 발견했을 때이다.

식은땀을 흘릴 새도 없었다.

“하지만…… 고바토도 먹어봤잖아?”

6

완벽한 계획이었다고 말하지는 않겠다. 시간이 충분하지 않았다. 하지만 모든 상황에 적절하게 대처했을 터. 들킬 리가 없다…….

하지만 오사나이는 웃는 얼굴로 스푼을 작은 접시에 내려놓더니 두 손에 턱을 괴고 내 눈을 지긋이 바라보았다. 이건 다 알고 있다는 얼굴이다. 이런 마당에 패배를 인정하지 않는 것은 꼴사나울 뿐이다.

나는 두 손을 들었다.

"맞아. 먹어봤어. 마멀레이드 같은 소스였어. 맛있었어."

"제프 벡의 샬럿이 그렇게 마음에 들었어?"

"최고였어."

그렇게 단언했다. 오사나이는 실눈을 뜨고 고개를 끄덕였다.

"그렇게 말해주니 기쁘네. 나도 정말 좋아해."

그리고 이어서 말했다.

"그런데 어째서 이런 짓을 한 거야?"

"어……. 그러니까 샬럿이 맛있어서."

"응. 그건 이미 들었어. 그런데 어째서 이런 짓을 한 거야?"

오사나이…….

그런가. 내 입으로 듣고야 말겠다는 건가. 나는 고개를 살짝 젖혔다가 다시 떨구고 한숨을 쉬었다.

"오사나이하고 단둘이었으니까."

지극히 정보량이 부족한 이 말을 오사나이는 정확하게 해석했다.

"그러니까 나하고 단둘이면 마음껏 두뇌 싸움을 벌일 수 있겠다 싶어서? 날 속이면 재밌을 것 같았어?"

과연. 이 녀 가까이 함께 어울리면 머릿속까지 보이는 걸까? 나는 끄덕였다.

샬럿은 확실히 맛있었지만 그것뿐이었다면 오사나이의 몫을 가로챌 생각은 하지 않았을 것이다.

나와 오사나이는 상부상조하는 사이지만 의존하는 관계는 아니므로 여름방학에 만날 이유는 없었다. 그런데 자세히 설명도 않고 지도 한 장만 덜렁 떠맡기고, 약속도 갑자기 취소하더니 이 땡볕에 내게 심부름을 시킨 오사나이에게 보답을 받아야겠다는 생각이 들었다.

샬럿을 재료로 한 두뇌 싸움을 걸어 보답을 받아내려 했다는 것으로 내 심리를 대강 설명할 수 있다. 소시민의 길을 걷는 우리는 다른 사람들 앞에서 영악한 지혜를 드러내지 않는다. 하지만 동지와 단둘이 있다면 제어 장치도 쉽게 풀린다.

중간부터 케이크 맛은 아무래도 상관이 없었다. 가와나카지마 전투는 역사적 의미가 아니라 두 영웅의 대결 때문에 유명한 것이다. 오사나이와 두뇌를 겨룰 수 있다면 재료는 굳이 샬럿이 아니어도 됐다.

오사나이는 턱을 괴고 있던 오른손을 내려 집게손가락과 엄지손가락으로 스푼을 집더니 커피잔 가장자리를 톡 쳤다. 챙, 높은 소리가 울렸다.

"샬럿은 세 개였지?"

"세 개밖에 안 남아 있었어. 다 팔렸다는 건 거짓말이 아니야."

"응. 망고 푸딩을 세 개 샀을 리도 없고, 고바토가 샬럿을 세 개나 먹을 리도 없으니까. 역시 세 개였던 거구나."

오사나이는 다시 한번, 하지만 방금 전보다 조금 더 세게 잔을 두드렸다. 챙그랑 소리는 왠지 재판장의 망치 소리 같았다.

오사나이는 최상급 미소와 함께 이렇게 말했다.

"여름방학 동안 같이 다녀줄 거지? 어제 건넨 순위표 1위까지 전부 돌 거야."

나도 미소를 지었다. 패배의 대가니 지불해야겠지.

집으로 돌아갈 때 물어보았다.

"그런데 통 모르겠어. 내가 무슨 실수를 한 거야? 케이크가 세 개 있었다는 건 쉽게 알아차리기 어려웠을 텐데."

오사나이는 눈을 깜빡거리더니 어째서 그걸 모르느냐고 탓하듯이 입을 비죽거렸다.

"그야 고바토가 화장지로 땀을 닦았으니까."

……내가 그랬나?

"커피를 엎지른 뒤에."

그런가. 생각났다.

"처음에 우리집에 들어왔을 때 고바토는 손수건으로 땀을 닦았어. 하지만 내가 전화하고 돌아왔을 때는 화장지로 땀을 닦았지. 내가 없는 사이에 손수건으로 땀을 닦을 수 없게 되었다는 걸 알았어."

나는 쓴웃음을 흘렸다. 오사나이 앞에서 그런 허점을 보였으니 들키는 게 당연하다. 나는 탐정 흉내는 낼 수 있어도 아무래도 뛰어난 범인이 될 소질은 없나 보다.

"손수건은 뭔가를 닦는 데 쓰지. 그걸 못 쓰게 되었다는 건 땀 이외의 뭔가를 닦는 바람에 꺼낼 수 없다는 뜻이겠지? 내게 들키고 싶지 않은 걸 닦았을 거야. 그렇지 않다면 손수건을 못 쓸 정도로 더럽히기 전에 종이 냅킨을 썼을 테고, 아무리 고바토가 예의 바른 사람이라도 화장지 상자를 뜯었을 거야. 손수건을 꺼낼 수 없을 정도로 닦아냈다는 걸 내게 숨겨야 할 오물, 그런 건 거실에서 바바루아뿐이야."

내 주머니 속에는 마분지와 필름, 손수건이 들어 있었다. 거기에 묻어 있던 바바루아는 스푼으로 긁어낸 다음 남은 찌꺼기를 손수건으로 닦았다. 화장지 상자는 새것이었기 때문에 그걸 개봉하면 뭘 닦았는지 의심받을 우려가 있었다. 종이 냅킨을 쓰면 괜히 현재 상황이 바뀔 것 같아 무심코 회피했다. 휴대용 티슈가 있었다면 좋았을 텐데, 오늘은 공교롭게도 가지고 있지 않았다. 수중에 없다는 걸 제프 벡에서 깨닫기는 했는데 챙겨 오지 않은 게 잘못이었다.

실은 그후 커피잔에 따르다 흘린 보리차도 손수건으로 닦았다. 그런 손수건으로 얼굴을 닦을 마음은 도저히 들지 않았다.

현관문 손잡이를 잡았다.

"이 집에 들어왔을 때 땀을 닦지 않았다면 분명 몰랐겠지?"

약간의 미련을 담아 그렇게 말하자 오사나이는 잠깐 생각하다가 끄덕였다.

"분명 그랬을 거야. 하지만…… 내가 전혀 알아차리지 못했다면 분명 뭔가 힌트를 줬겠지? 고바토한테 완승은 재미없잖아."

그런 짓은 안 해. 소시민이니까.

손잡이를 돌려 오사나이의 집을 뒤로했다. 밖으로 나온 순간 따가운 햇볕과 뜨거운 공기가 덮쳐들어 대번에 땀이 솟았다.

고개를 들어 여름의 태양을 쏘아보았다. 정말이지, 전부 이 지긋지긋한 더위 탓이라니까.

The Special Tropical Parfait Case

제 2 장 / 셰이크 하프

1

잘 아는 사람이 뜻밖의 행동을 취하면 보통은 왜 저러나 의아하게 여긴다. 뜻밖의 행동이 거듭되면 상대에게 뭔가 심경의 변화가 생길 만큼 중대한 일이 있는 건 아닌지 걱정한다. 그리고 그것이 자꾸 이어지면 혹시 내가 상대를 이해하지 못했던 게 아닐까 의문이 들기 시작한다.

내가 오사나이에게 품은 의문이 바야흐로 그런 영역에 접어들고 있었다.

고등학교 2학년 여름방학. 학교 밖에서 만날 이유가 전혀 없는 우리가 이번 여름방학에는 유독 자주 만나고 있다. '오사나이 여름 스위트 셀렉션'인지 뭔지를 받아 샬럿을 사이에 두고 소소하게 두뇌 싸움을 한 것이 대략 일주일 전. 오사나이는 사소한 실수로 패자가 된 나를 시시때때로 불러냈다. 6위의 복숭아 밀푀유와 9위의 녹차 빙수. 둘 다 확실히 맛있기는 했다. 과연 오사나이가 선택한 디저트라 다르다. 하지만 혼자서 디저트를 먹으러 가는 걸 부끄러워할 성격도 아닌데 오사나이가 나를 데리고 다니려 하는 이유는 통 알 수가 없었다.

그리고 오늘, 이런 문자를 받았다.

오늘은 라로슈하고 긴센도 사이에 있는 가게에 갈 거야. 3시 반에 가게에서 만나.

'오사나이 여름 스위트 셀렉션'에 딸린 지도를 보니 라로슈는 이 동네, 기라 시의 북북동쪽에 있었다. 옆 동네와의 경계 근처였다. 긴센도는 서남서쪽. 이것도 마을 변두리에 있는 가게다. 그 중간에 있는 가게라고 했으니 지도 위 두 가게 사이에 선을 그었다. 두 군데의 디저트 가게가 선에 걸렸는데 하나는 라로슈 바로 옆, 또 하나는 라로슈와 긴센도의 중간쯤이었다. 보아하니 이쪽이렷다.

가게 이름은 '베리베리 산야도리 지점'. 7위 프로즌 수박 요구르트를 파는 가게이니 십중팔구 여기가 틀림없을 것이다.

이 문자는 문제라고 하기에는 너무 쉬웠다. 그렇다면 당연히 내가 풀 수 있다는 전제로 장난을 치는 거라 볼 수 있다.

목적지를 향해 자전거 페달을 밟으며 나는 석연치 않은 기분에 눈썹을 찌푸렸다.

여름방학에 사흘이 멀다 하고 달콤한 디저트를 찾아 헤매다 급기야 장난스러운 수수께끼 문자까지. 이래서야 마치 이성 교제가 아닌가.

나도 건전한 고등학교 2학년 남학생이니 연애에 관심이 없는 것은 아니다. 상대가 오사나이라면 백 번 양보해도 스릴 넘치는 일이지만 그렇다고 거부할 정도로 오사나이가 싫은 것도 아니다. 솔직히 내 취향은 조금 더 성숙한 용모의 여성이지만 그 부분은 타협할 수도 있다. 아니, 성격이 별로 좋지 않은 고등학생 고바토 조고로에게는 영광스러운 이야기이다.

다만…… 내가 아는 오사나이와는 아무래도 인상이 너무 다르다. 올여름 오사나이의 행동은 번번이 내 예상을 배반했다. 그렇다면 내가 오사나이를 심각하게 오해하고 있었거나 혹은…….

나는 빨간 신호에서 자전거를 세우고 중얼거렸다.

"뭔가 꾸미고 있거나."

그쪽에 십 달러 건다.

2

베리베리 산야도리 지점은 그 이름대로 산야도리에 접해 있다. 산야도리는 역 앞에서 시가지 중심부를 향해 남북으로 뻗어 있는 길 중 하나로, 가게 위치는 역 바로 근처인 듯했다.

너무 일찍 왔다. 공영 자전거 주차장에 자전거를 세우고 가게 위치를 확인하니 2시 반. 약속 시간까지 아직 한 시간이나 남았다. 역으로 돌아갔다.

오늘은 날이 조금 흐린 덕에 이글이글한 열기는 없었지만 그래도 팔월이라 더위가 기승을 부렸다. 역 앞에는 고등학생이나 중학생들도 드문드문 보였지만 수는 그리 많지 않았다. 당연한 일이다. 기라 역 주변에는 젊은 사람들이 놀 만한 장소가 거의 없다. 역 앞은 버스가 정차하는 로터리로 때마침 버스 한 대가 사람들을 내려놓고 갔다. 승객은 별로 없다. 이런 시간대니 당연한 일이다.

이대로 한 시간이나 태양 아래서 멍하니 있는 건 끔찍한 짓이다. 어디 그늘에, 가능하다면 에어컨이 돌아가는 장소에 들어가고 싶다. 하나 덧붙이자면 배도 출출했다. 지난번에는 아침과 점심을 먹지 못했는데 오늘도 점심을 놓쳤다.

어디 적당한 가게가 있으면 좋을 텐데……. 젊은 사람들이 갈 만한 장소가 없다 보니 나 역시 역 쪽으로는 거의 가지 않아 이 주변을 잘 모른다. 주위를 둘러보니 햄버거 가게가 있었다. 마침 잘됐다, 가볍게 속을 달래자.

가게 유리문에 '여름 한정 스페셜 세트' 포스터와 함께 '산야도리 축제' 포스터가 붙어 있었다. 축제라고 해도 딱히 뭔가를 기리는 건 아니다. 요컨대 상점가의 바겐세일이다. 구석에 "주최 : 산야도리 진흥회"라고 적혀 있다. 매년 똑같이 차량을 통제하고 산야도리 구간에 갖가지 노점이 들어선다. 초등학생 때는 그걸 구경하는 게 낙이었다.

자동문을 통과했다.

"어서 오세요!"

점원의 미소와 시원한 공기가 나를 반겨주었다. 기분 좋다.

"주문하시겠어요?"

그렇게 묻는 아르바이트생은 아마 나와 같은 고등학생일 것이다. 나는 메뉴를 흘깃 보았다.

"치즈버거 주세요."

"음료는 어떻게 하시겠습니까?"

"필요 없어요."

"함께 감자튀김은?"

"필요 없어요."

"지금 여름 한정 스페셜 세트가……."

"필요 없어요."

"고맙습니다. 치즈버거 하나!"

나는 고등학생이라 재력에 한계가 있다. 오사나이의 디저트 순례에 어울리려면 돈이 필요하다. 아낄 수 있는 부분은 아낀다.

치즈버거만 달랑 놓인 쟁반이 나왔다. 쟁반에는 종이가 깔려 있었다. 양상추는 유기농으로 재배했고, 토마토는 계약 농가에서 납품받는다는 햄버거 가게 광고지와 함께 산야도리 축제 전단지 내용이 실려 있었다. 역 앞에 뻗어 있는 산야도리가 전단지에 가로로 그려져 있고, 어느 가게가 무엇을 팔 예정인지 적혀 있었다. 그중 한 군데가 눈에 익었다. 특제 사과 사탕을 파는 '무라마쓰야'. 이건 오사나이 스위트 셀렉션에서 제법 상위를 차지하지 않았던가? 집에 돌아가서 확인해 보기 전에는 자신 있게 말할 수 없지만.

자리를 찾았다. 2시 반인데도 가게 안은 꽤 붐볐다. 안쪽 테이블 자리에는 드레드 헤어에 초록과 검정과 노란색 옷을 입은 레게풍 집단이 머리를 맞대고 심각하게 뭔가 의논하고 있었다. 다른 테이블에는 커플이 있었는데 레게 집단 쪽을 흘깃거리며 쭈뼛거리고 있다. 그럴 만도 하다. 나도 신경쓰인다. 카운터 자리도 어느 정도 차 있었다. 록이라고 해야 하나 히피라고 해야 하나, 짧은 청바지에 상당히 낡은 가죽조끼를 입고 셰이크를 홀짝거리는 자그마한 사람이 눈에 들어왔다. 가게 안인데 가죽 모자를 깊숙이 눌러쓰고 있다. 무사안일을 원하는 소시민으로서는 레게도 히피도 피하고 싶은 법, 조금 떨어진 창가 카운터 자리에 쟁반을 내려놓았다. 포장지를 벗기고 치즈버거를 한입 베어 물려는 순간, 누가 나를 불렀다.

"야."

두 자리 옆에 아는 얼굴이 앉아 있었다.

그렇지 않아도 어깨가 떡 벌어지고 덩치가 큰데, 지난 일 년 사이 더 자랐는지 분위기는 대장부다. 앉아 있는 회전의자가 어째 위태로워 보인다. 뒷머리는 조금 기르고 정수리 쪽은 살짝 세워 남성미가 돋보였다. 무늬가 들어간 셔츠에 카고 바지 차림도 세련미는 없지만 무난했다. 다만 태어날 때부터 각진 얼굴은 그대로라 억세 보이는 인상은 지울 수가 없지만, 본인도 분명 개의치 않을 것이다. 도지마 겐고. 오랜 지인이다. ……묘한 곳에서 만났다. 거북한 우연이다. 저렇게 부르는데 모르는 척할 수도 없다. 나는 굼뜨게 대꾸했다.

"안녕."

"꽤 오랜만이다."

"반이 다르니까."

겐고는 그 말에는 대답하지 않고 감자튀김 몇 개를 한꺼번에 입에 쑤셔넣었다.

겐고의 쟁반에는 햄버거에 커피, 감자튀김, 그리고 치킨 너겟까지 있었다. 저게 바로 여름 한정 스페셜 세트다. 겐고는 나를 흘깃 보더니 바로 정면, 즉 창밖의 역 앞 풍경으로 눈길을 돌리고 낮은 목소리로 말했다.

"너도 조사하러 왔어?"

"뭘?"

"아닌가."

"배를 채우러 왔을 뿐인데. 점심을 못 먹어서."

"참, 그랬지. 너는 얼간이가 목표라고 했지."

겐고는 퉁명스럽게 중얼거렸다.

나와 오사나이가 목표로 삼고 있는 건 얼간이가 아니라 소시민이다. 하지만 굳이 바로잡지는 않았다. 소시민은 큰 소리로 내가 소시민이오, 하고 주장하지 않는다.

겐고와 나는 같은 초등학교를 나왔다. 고등학교 입학 즈음, 겐고는 그 시절의 이미지로 나를 대했다. 즉 다소 통찰력이 뛰어나고 영리하다는 것을 자랑스러워하며, 그 점을 숨기려고도 하지 않았던 시절의 내 이미지로. 겐고는 고등학생 고바토 조고로에게도 일종의 탐정 같은 능력과 성향을 기대했던 모양이다. 하지만 지금의 나는 그런 사람이 아니다.

겐고가 그랬다. 예전의 나는 짜증나는 놈이었지만 존경할 만했다고. 그런데 지금의 나는 얌전히 지내지만 뱃속은 시커먼 불쾌한 놈이 되어버렸다고.

나도 할말은 있다. 하지만 나와 겐고는 사고방식이 너무나 다르다. 이야기할 때마다 어긋나는 상대와 사이좋게 지내는 건 소시민이 할 일이 아니므로 한동안 말을 나누지 않았다. 겐고는 신경쓰지 않는 눈치였지만 내가 조금 멀리했던 것이다.

뭐, 도지마 겐고는 기본적으로는 좋은 녀석이지만.

굳이 얼굴을 맞댈 때마다 험악하게 굴 필요는 없으니 웃으며 말했다.

"넌 뭘 조사하고 있나 봐?"

"그래."

"신문부 일 때문에?"

"아니. 개인적인 일."

겐고가 창밖을 보며 말했다.

"너하고는 상관없어."

지당한 말씀. 그렇게 말한다면 더 물을 것도 없다.

그걸로 대화가 끝난 줄 알고 나는 치즈버거를 먹었다. 하지만 겐고는 똑바로 밖을 쳐다보며 말했다.

"……우리 학교 여학생 중에, 이름은 말할 수 없는 아인데."

아, 얘기할 거야? 진짜로 궁금한 건 아닌데……. 일단 맞장구는 쳤다.

"흐음."

"옛날 친구가 불러서……. 아니, 실은 억지로 끼게 된 거 같은데."

오호라.

이 치즈버거, 맛이 별로네.

"그룹에 끼게 된 것 같아."

"무슨 그룹?"

요즘 오사나이를 따라다니면서 입맛이 까다로워졌는지도 모르겠다. 전에는 햄버거 맛 같은 건 신경쓴 적도 없었는데.

겐고는 잠깐 뜸을 들이다 평탄한 목소리로 말을 이었다.

"약 하는 애들."

……허어. 생각보다 심각하잖아?

"억지로 그룹에 들어간 어떤 애 여동생한테 부탁을 받았어. 어떻게든 손을 떼게 할 방법이 없는지 묻는데, 아무 정보도 없으니 답답해서. 신문부 친구들한테도 도움을 요청해서 어떤 그룹인지만이라도 조사해보려는 참이야."

"약이라니……. 합법? 위법?"

"중학생 때부터 손을 댄 녀석이 중심에 있대. 전에는 감기약을 왕창 먹거나, 수면제 같은 걸로 놀았던 모양인데……. 지금은, 글쎄. 그런 걸로 그치면 다행인데. 그 점도 포함해서 조사하고 있어."

그래서 바깥만 보고 있는 건가. 보아하니 잠복 수사를 하고 있는 모양이다. 고등학생 처지에 사서 고생이다.

겐고는 나를 흘깃 보더니 피식 웃었다.

"뭐야, 조고로. 관심 있나 본데?"

"아니, 별로."

"그래?"

소시민은 그런 험한 일에 다가가지 않는 법이다. 관심이라니, 천만에. 겐고가 헛다리를 짚은 것이다. 고개를 돌리고 치즈버거를 또 한입.

다만……. 어디서 들은 이야기 같다고 생각했다. 요즘 시대에 합법적인 약물 한두 개쯤 그리 드물지도 않다는 일반론적인 의미가 아니다. 내가 아직 중학생이었을 때, 동급생 중에 그런 패거리가 있었다. 여학생 몇 명으로 이루어진 그룹이었는데 결국 중학교 3학년 봄에 경찰에 걸려 훈계를 받았다. 혹시 겐고가 조사하는 게 그 애들일까?

그 그룹에 대해 말을 할까 말까 망설였다. 분명 나는 더이상 영악하게 굴지 않겠다고 선언했고, 겐고가 '거봐, 역시 세 살 버릇은 여든까지 간다니까' 하며 그럴 줄 알았다는 듯이 쳐다보는 것도 싫다. 하지만 굳이 알고 있는 것까지 숨길 필요는 없는데.

혹시 이 정도 정보는 이미 알고 있을까? 겐고는 나와 다른 중학교에 다녔지만 그 소문은 내가 다닌 다카바 중학교 졸업생이라면 거의 다 알고 있다. 겐고의 넓은 인맥이라면 다카바 중학교 졸업생도 한둘쯤 알 것이다.

고민할 시간을 벌기 위해 이야기를 끌어보려고 무심결

에 질문을 던졌다.

“그래, 손을 떼게 만든다니 좋은 생각이라도 있어?”

겐고가 눈썹을 찌푸렸다.

“그룹 아지트를 찾아내서.”

“찾아내서?”

“목검을 들고 쳐들어가서.”

와아, 굉장하다.

겐고가 커피를 마시고 치킨 너겟을 하나 입에 넣었다.

“농담이니까 반응 좀 해.”

“아, 농담이었어?”

겐고라면 그러고도 남을 줄 알았는데. 역시 철이 들었나.

“가와마타 생각이 어떤지를 몰라서. 가스미 말대로 억지로 끼게 된 건지, 아니면 사실은 자기가 원해서 들어간 건지. 뭐 어쨌거나 빠져나올 방법을 궁리해보긴 할 텐데.……”

오호라, 그룹에 들어간 아이는 가와마타라는 후나도 고등학교 2학년생이고, 여동생 이름은 가스미인가. 방금 전에 ‘말할 수 없다’고 했던 이름을 이렇게나 어이없이 흘려놓고 본인은 눈치도 못 채고 있다. 멋지다, 이 허술함이 바로 도지마 겐고다. 한 가지 덧붙이자면 가스미와 겐고의 관계도 눈에 뻔히 보였다.

나는 치즈버거를 거의 다 먹어치웠다. 겐고와 오랜만에 나눈 대화는 제법 흥미로웠지만 더 듣다가는 또 묘한 일에 얽힐 것 같다. 끝으로 역시 다카바 중학교에서 일어난 사건에 대해 말해줘야겠다고 결심했다.

"그런데 겐고."

그렇게 입을 뗀 찰나 겐고가 벌떡 일어섰다.

"움직였다."

"응? 어디?"

역 앞은 붐빈다고 할 정도는 아니었지만 그런대로 행인들이 있었다. 겐고가 역 앞 어디를 보고 움직였다고 하는 건지 알 수가 없었다.

"젠장, 둘로 갈라지다니……."

어디지? 겐고의 시선이 가리키는 방향을 살펴보았지만 눈에 띄게 수상하게 구는 사람은 없었다. 겐고가 갑자기 주머니에서 메모장과 사인펜을 꺼내 하얀 메모지를 한 장 뜯어내더니 사인펜을 휘갈겼다. 나는 그사이 혹시 중학교 시절 보았던 여학생이 있지 않을까 두 눈을 부릅뜨고 역 앞을 살폈다.

펜을 놀리며 겐고가 날카롭게 말했다.

"조고로, 미안하지만 부탁 좀 들어줘. 여기서 조금만 더 수상한 움직임이 없는지 봐줘. 시간 될 때까지만 봐줘도 되니까."

"아, 응. 그러지, 뭐."

건성으로 대답하는 내 시야 끝에 한 얼굴이 걸려들었다. 화장을 하고 사복을 입고 있어 잘 모르겠지만, 저건 혹시 그 여자애 아닌가? 아니, 아니군.

"……한테 연락해. 그럼."

겐고가 헐레벌떡 가게를 떠났다. 한편 나는 레이더에 걸린 여자애를 지켜봤지만 아무래도 확신을 가질 수가 없었다. 내 시력은 썩 좋지 않다.

겐고가 빠른 걸음으로 길을 꺾자 내 자리에서는 금세 모습이 보이지 않았다. 너무 깊이 추적하지는 말아야 할 텐데. 겐고가 한 덩치 하기는 하지만 내가 아는 한 딱히 백전노장, 일당백의 싸움꾼은 아니니까.

나는 어깨를 슬쩍 움츠리고 겐고가 남긴 메모를 보았다. 이리로 연락하라고 남긴 메모.

나는 그 메모를 들고 한참 바라보다가, 뒤집어보고, 햇빛에 비춰도 본 다음, 마지막으로 입을 떡 벌렸다.

"이게 뭐야?"

메모에는 이렇게 적혀 있었다.

半

3

'半'이라니 무슨 뜻이지? 내가 얼빠진 표정으로 그런 생각을 한 것도 한순간. 겐고가 떠나자마자 휴대전화 문자가 들어왔다. 발신인은 오사나이. 내용은 이랬다.

여보세요, 나야, 오사나이.

나도 알아. 그렇게 생각한 순간 연달아 또 한 통이 들어왔다.

지금 네 뒤에 있어.

어, 어디라고? 나는 창가 카운터에 앉아 있어 등뒤의 풍경도 조금은 반사되어 보인다. 거기에 오사나이의 모습은 보이지 않는데…….

그 대신 군데군데 해진 민소매 재킷, 아니, 조끼인가? 어쨌거나 해묵은 가죽 소재 옷을 걸친 록 가수 같은 사람이 서 있었다. 방금 전 레게 차림을 한 무리와 더불어 내가 멀찍이 피한 상대다. 유리에 비친 록 가수는 천천히 모자를 벗어 나와 시선을 맞추고는 배시시 웃었다. 어깨까지 오는 보브컷, 가느다란 눈에 얇은 입술. 오사나이 유키다.

나는 뒤를 돌아보지 않고 유리에 비친 오사나이에게 미소를 보냈다.

"별난 복장이네."

오사나이가 뒤에서 물었다.

"안 어울려?"

아니, 어느 쪽인가 하면 뜻밖일 정도로…….

"잘 어울려."

"……그건 그것대로 조금 심란하네. 괜찮아. 가게에 갈 때는 갈아입을 거니까."

오사나이는 내 두 자리 옆, 그러니까 방금 전까지 겐고가 있던 자리를 보며 물었다.

"이 쟁반, 치워도 돼?"

그쪽을 보니 아직 감자튀김이 조금 남아 있었다.

"괜찮지 않을까?"

"그럼."

오사나이는 재빨리 쟁반을 반납대에 갖다놓고 내 옆에

앉더니, 손에 든 셰이크를 카운터에 내려놓으며 웃었다.

"'베리베리'인 줄 알았구나."

그러고 보니 오사나이는 수수께끼 같은 문자로 '베리베리'를 지정했다.

"그 정도는 뭐, 그렇지."

"응. 고바토라면 분명 맞힐 줄 알았어."

오사나이가 쑥스러운 듯 웃었다. 기뻐하는 걸까? 자주 보지 못했던 표정이다.

"도지마하고는 무슨 얘길 했어?"

"아, 응. 약 하는 애들 이야기. 중학교 때 있었잖아. 그런 패거리가 또 있다는데, 겐고 여자친구의 언니를 억지로 끌어들였대."

록 스타일의 오사나이는 관심조차 보이지 않았다.

"아아, 이사와 하세미?"

"이사와? 선생님한테 걸린 애 이름이야?"

"응."

"잘 아네."

오사나이가 부드럽게 웃었다.

"고바토는 남자, 나는 여자. 여자들 정보는 여자가 잘 알아."

초록은 동색이란 말일까.

"그럼 여자들 정보에 해박한 오사나이 생각은 어때? 지금 고등학생들 사이에 약을 하는 패거리가 새로 생겼다면 이사와도 얽혀 있을까?"

오사나이는 난처한 기색으로 눈썹을 찌푸리고 멍하니 창밖을 바라보더니 셰이크를 소리 없이 빨아들였다.

어찌나 오래 빨아들이는지, 숨막힐까 봐 걱정될 정도다.

"오사나이…… 그거 맛있어?"

겨우 빨대에서 입술을 뗀 오사나이가 턱을 들고 셰이크를 굽어보았다.

"이거? 맛있는지 묻는 거야?"

턱도 없다는 듯이 고개를 저었다. 말할 가치도 없다는 뜻인가. 맛없지는 않겠지만 오사나이가 어지간한 맛에 만족할 리 없다.

오사나이가 천천히, 혼잣말처럼 대답했다.

"이사와는 보호관찰 처분을 받았는데……. 딱히 반성하지는 않았을 거야. 하지만 이 동네에 그런 그룹이 이사와 패거리뿐이라는 보장은 없어. 아니, 분명 또 있을 거야. 그러니까 모르겠어."

"그렇구나."

"그나저나 그건 뭐야?"

오사나이가 내 손에 든 메모를 가리켰다. 나는 그대로 읽어주었다.

"반半."

"……?"

"여기서 조금만 더 시간을 죽이다가 혹시 수상한 움직임이 보이면 여기로 연락을 해달라는데."

어째선지 오사나이가 묘하게 조심스러운 목소리로 물었다.

"어……. 도지마하고 고바토하고, 둘만 아는 비밀 암호야?"

나는 웃으며 고개를 저었다.

"아니, 나도 뭐가 뭔지 모르겠어."

그렇다. 뭐가 뭔지 모르겠다. 겐고가 남긴 이 메모는.

나는 메모를 뚫어져라 쳐다보았다.

메모는 주머니에 들어가는 크기의 메모장에서 뜯어낸 낱장으로, 겉면에는 연한 괘선이 있고 뒷면은 백지였다. '반半'이라는 글자는 겉면에 적혀 있었는데 딱히 괘선에 맞춰 쓴 건 아니다. 갈겨썼는데, 미행 때문에 서둘러 가게에서 나가기 직전에 휘갈겨 썼으니 다소 엉망인 건 이상하지 않다.

겐고는 '반半'이라는 글자를 메모지 중앙이 아니라 거의 오른쪽에 딱 붙여서 썼다. 뭔가 의도가 있는 건지 아닌지는 모르겠다.

오사나이는 맛이 마음에 들지 않는지 짜증스러운 얼굴로 빨대를 물면서 밖을 바라보고 있었다. 그러더니 문득 입을 떼고 물었다.

"'반半'이라는 글자가 붙는 장소나 사람, 번호 같은 거 몰라?"

나는 메모에서 고개를 떼지 않고 생각나는 대로 떠들었다.

"'반半'이라. 이 동네에 한자와半沢라는 지명이 있긴 하지. 하지만 동네 이름을 따져봤자 넓기만 하고, 겐고하고 그쪽에 가본 적도 없어.

이름이라. 한무라 료半村良 정도밖에 안 떠오르네. 아, 아니, 성이 같은 녀석이 있었어. 한무라. 하지만 걔는 중학교 때 동급생인데. 겐고하고는 접점도 없고 나도 말 한마디 나눠본 적 없어.

번호라. '반半'이니까 절반인가? 하프. 피프티. 피프티·피프티. 5050?"

헛웃음이 나왔다.

"설마 아니겠지. 그럼 5050이라고 쓰면 될 텐데. 애초에 이것만으로는 전화번호도 안 돼."

나는 메모지를 쥐고 오사나이를 향해 팔랑팔랑 흔들었다.

"그게 아니야. 방향성이 달라. 겐고는 서두르고 있었어. 그래서 이런 식으로 쓴 거야. 간략하게. 확실히 너무 간략해서 뭔지 모를 정도야. 하지만 겐고에게 그 정도로 시간이 없었던 것도 아니야. 이렇게 써도 나는 분명 알 거라고 생각해서, 이렇게 쓴 거야."

하지만 오사나이는 내 견해에 찬성하지 않았다.

"그건 모를 일이야. 도지마 머릿속에서는 굉장한 아이디어가 떠올랐던 걸지도 모르지."

오사나이는 셰이크를 한 모금 더 빨고 마음에 들지 않는 맛에 또 얼굴을 찌푸렸다.

"비할 바 없이 성스러운 순간, 인간의 머릿속에서는 비약의 한계가 사라진대."

"오……."

"죽기 직전에."

"도, 도치법이야? 게다가 죽는다는 거야, 겐고가?"

오사나이는 나를 힐끗 쳐다보더니 살짝 고개를 숙였다.

"고바토, 즐거워 보여……."

아차. 등줄기가 서늘했다. 그렇다, 나는 지금 겐고가 남긴 뭐가 뭔지 모를 메모를 해독하려 했다. 그것은 다름 아닌 탐정 행위다. 나는 소시민이다. 소시민은 괴상한 메모를 보고 참뜻을 알아내려 애쓰지 않는다.

나는 오사나이에게 고개를 숙였다.

"그랬지, 미안해. 나는 이랬어야 했어."

메모지를 노려보는 대신 나는 휴대전화를 꺼냈다. 이 메모가 무슨 뜻인지 모른다면 본인에게 물어보면 된다. 간단한 일이다. 전화로 이렇게 묻는 것이다. '겐고, 아까 그 메모 말인데 난 무슨 뜻인지 모르겠어. 어떻게 읽는지 알려줄래?'

겐고의 휴대전화에 연락했다. 신호음이 한 번, 두 번.

"안 받네."

전화를 끊었다.

"고바토……. 너무 빨리 끊었어……."

절대 그렇지 않다.

그나저나 유감이다. 겐고가 전화를 받지 않는 이상 이 메모는 직접 풀어야만 한다. 겐고는 한 여학생을 구하기 위해 움직이고 있고, 내게 도움을 청했다. 그에 응하는 것은 책임감 있는 인간으로서 극히 당연한 행동이며, 소시민으로서도 부끄러운 일이 아니다.

4

어쩐지 싸늘한 오사나이의 시선을 느끼며 나는 다시 메모를 보았다. 누가 전화를 걸어왔지만 지금은 바쁘니까 나중에.

"지금 전화, 도지마가……."

오사나이가 뭔가 중얼거리는 것 같은데.

"그러니까 첫 번째로 고려해야 할 문제는 '반半'에서 일목요연하게 유추되는 무언가를 과연 내가 알고 있는가 하는 점이야. 겐고는 알고 있겠지. 그리고 겐고는 이 메모를 내게 남겼으니까 나도 그걸 알고 있다는 걸 전제로 삼았을 거야. 아무리 다급해도 자기밖에 모르는 내용을 메시지로 쓰는 얼빠진 짓은 아무리 도지마 겐고라도 하지 않겠지. 나는 그렇게 믿고 싶어."

"고바토는 기본적으로 도지마한테는 인정사정없구나."

난 지금 진지하거든? 이건 겐고의 신의에 응하기 위한 거니까.

나도 사람이니 까맣게 잊을 때가 있다. 겐고는 나라면 당연히 '반半'이라고 해도 찰떡같이 알아들을 거라 생각했다. 실제로 알아들어야 하는데 잠깐 기억이 나지 않는 것뿐일지도 모른다. 반. 반일 근무. 태반太半. 반기半旗.

하지만……. 감이 안 온다. 감조차 못 잡을 문제라면 그냥 입으로 말해주면 좋았을 텐데.

그렇게 생각하다가 퍼뜩 깨달았다.

"겐고는 왜 말로 하지 않았을까?"

오사나이가 두 손 들었다는 듯 가볍게 한숨을 쉬고 말했다.

"보통은 입으로 말해도 잊어버리는 걸 메모로 남겨. 가령 전화번호는 한 번에 외울 수 없으니까 메모해야겠지."

"맞아. 약속 날짜나 시간 같은 것도 메모하지. 이건 그 자리에서는 기억하지만 나중에 잊을 가능성이 있으니까 메모하는 거야."

"이 메모를 남길 때 도지마가 무슨 말은 안 했어?"

어, 어땠더라.

기억을 되짚어보다가 그 부분이 똑똑히 떠오르지 않는다는 것을 깨달았다. 겐고는 밖을 보고 있었는데 "움직였다"라고 하더니 내게 잠시만 더 지켜봐달라고 부탁하고, 그런 다음에…….

"연락해줘, 부탁해, 뭐 그랬는데."

"그럼 역시 '반半'이라는 건 연락처일까?"

나는 팔짱을 꼈다.

"……아니, 잘 모르겠어. 밖을 보느라 제대로 못 들었거든. 만약에 반에 연락하라는 뜻이었다면……."

오사나이는 손목시계를 보았다. 지금 걸치고 있는 가죽조끼와 완벽하게 잘 어울리는 검은 가죽 벨트 손목시계였다.

"지금이 3시니까 3시 반에 연락하라는 뜻일지도."

"정말 그렇게 생각해?"

오사나이가 고개를 저었다.

"그랬다면 3시 반에 연락해달라고 말하면 그만이니까."

그렇다. 즉 이 '반半'의 본질은.

"말로는 다 할 수 없을 정도, 혹은 기억할 수 없을 만큼 대량의 정보가 이 한 글자에 담겨 있다는 뜻이야. ……내 생각에 이 메시지를 풀 열쇠는 여기에 있어."

'반半'은 '반半'이다. 한 글자. 2바이트. 받아들이는 내게 짐작 가는 바가 없는 이상 거기에 포함된 정보량이 '말로는 다 할 수 없을 정도'일 리 없다.

그렇다면.

"이건 '반半'이라는 형태를 띠고 있을 뿐, '반半'이 아닌 거야."

오사나이가 또 짜증스러운 표정을 짓고 있다. 셰이크를 마신 것이다. 보고 있을 수가 없어 한마디했다.

"맛없으면 그냥 남기지?"

"고바토, 최고의 아이디어야."

그런가?

오사나이는 셰이크가 담긴 종이컵을 최대한 멀찍이 밀어버리고 메모에 시선을 떨구었다.

"'반半'이 아니라면 '양羊'?"

"그건 그냥 비슷하게 생긴 글자잖아."

"그럼 '좌坐'?"

"비슷하지도 않아."

한자라면 '말로는 다 할 수 없을 정도'의 정보량을 담아낼 수는 없다. 듣자 하니 중국에는 한 글자로 '좌우를 두리번거리다'라는 뜻을 가진 한자도 있다는데, '반半'에 그런 의미가 있을 것 같지는 않았다.

"달리 보면 가타카나 '기キ'에 알파벳 '브이v'를 더한 것 같기도 해."

"그래서?"

"아니……. 그냥 그렇다는 말이야……."

오사나이는 마음대로 하라는 듯이 멍한 눈으로 앞쪽을 바라보았다.

오사나이는 이해를 못 하고 있는 것이다. 이것은 겐고가 남긴 메모. 겐고가 남긴 메모라면 그렇게 복잡하게 풀어야 할 리 없다. 당연히 쉽게 읽을 수 있어야 한다.

다시 한번 메모를 보았다.

"……? 이건?"

지금까지 펜에 너무 힘을 주었다고만 생각했는데.

"조금 이상하네."

나는 오사나이가 내 쪽을 보고 있지 않은데도 '반半'으로 보이는 글자를 가리켰다. 정확히는, 그 윗부분을.

"첫 번째 획이랑 두 번째 획이 조금 어긋나 있어."

'반半'이라면 첫 번째 획과 두 번째 획, 즉 양쪽 빗금이 세로획과 맞닿아 있거나 혹은 세로획을 중심으로 좌우에 있어야만 한다. 그런데 겐고의 메모는 왼쪽 빗금이 세로획을 지나 오른쪽 빗금 끝과 맞닿아 있다.

이런 엉터리 글자는 영 께름칙하다. 물론 쓰다 보면 그럴 수는 있지만…….

그렇게 생각하니 두 개의 가로획도 조금 묘했다. '半'이라면 아래쪽 가로획이 더 길어야 한다. 겐고의 메모를 보면 두 줄이 거의 똑같은 길이……. 아니, 아래쪽 가로획이 더 짧을지도 모른다.

"세로획을 가로지르는 왼쪽 빗금, 아래쪽이 더 짧은 가로획……."

나는 손가락으로 카운터에 글자를 써보았다. 겐고가 메모한 '半'처럼 보이는 기호를 흉내낼 생각이었다. 하지만 은근히 어려웠다. 아래쪽 가로획을 짧게 쓰는 데는 성공했다. 하지만 첫 번째 획과 두 번째 획을 겐고처럼 쓸 수가 없었다. 정말 한자의 획이 맞을까?

아니다.

나는 그제야 깨달았다. 어째서 이렇게 쩔쩔맸을까? 이것은 '반半'이 아니다.

"알았다."

먼 곳을 보고 있던 오사나이의 눈에 다시 초점이 맺혔다.

"응?"

나는 카운터에 '기キ'라는 글자를 썼다. 그리고 그 윗부분

에 체크 표시를 했다. 브이 자 모양으로.

"한 글자로 전할 수 있는 정보량은 구두로 전하는 정보량을 크게 능가할 수 없어. 하지만 그림이라면 얘기가 달라.

이건 지도야. 십자로가 두 개, 그 두 번째 교차점에 체크를 한 거야. 겐고는 여기로 연락해달라고 말한 게 아니야. 여기 있는 사람한테 연락해달라고 한 거였어."

한심한 이야기다. 처음에 '반半'이라고 생각한 바람에 '반半'이 아닐지도 모른다는 생각은 했어도 '글자'라는 고정관념에서 좀처럼 벗어나지 못했던 것이다.

하지만 오사나이의 표정은 여전히 어두웠다.

"지도? 그럴지도 모르지만……. 어디 지도란 거야?"

어라?

십자로가 두 개, 그 두 번째 교차점에 아마도 겐고와 연락을 주고받는 인물이 기다리고 있을 것이다. 가와마타 가스미 혹은 겐고를 돕는 신문부원.

참고로 이 기라 시 시가지 중심부의 길은 기본적으로 바둑판 눈처럼 뻗어 있다. 다시 말해 사방에 십자로 천지다.

그리고 '지금 눈앞에 보이는 길을 똑바로 가면 십자로가 나오는' 것도 아니다. 눈앞에 있는 것은 역 앞 로터리. 즉 도로는 막혀 있다.

"아……. 잘못 짚었나."

오사나이는 내 손에서 겐고의 메모를 낚아챘다.

"아니, 지도가 맞을 거야. '반半'이란 말을 들었을 때는 이상한 글자라고 생각했지만 체크 표시를 한 십자로라는 말을 들으니 확실히 펜의 궤적이 그렇다는 걸 알 수 있어."

겐고의 메모는 필압도 세고 선이 끝나는 자리에서 펜이 딱 멈춰서, 어떤 순서로 펜을 그었는지 잘 상상이 되지 않았다. 하지만 오사나이가 펜의 궤적이 그렇다고 하니까 분명 그럴 것이다.

그렇다면…….

"지도의 기준점이 있을 거야."

"'반半'에?"

"이 지도 안에 말이야."

하지만 처음에 꼼꼼히 조사한 것처럼 이 메모지에는 '반半' 이외의 흔적은 아무것도 없다. 뒷면도 백지 그대로다. 그 외의 특징이라면 뜯어낸 흔적이 위쪽에 남아 있다는 점과 '반半'이 메모지 오른쪽 끝에 바싹 붙어 있다는 점.

위쪽에 흔적이 남아 있으니 이 '반半'의 방향을 알 수 있다. 보아하니 체크 표시가 있는 쪽이 위쪽이다. 애당초 거꾸로 보면 체크 표시가 '∧'가 되어버린다. 그런 표시를 쓰는 사람은 없다.

"고바토……."

그러자 오사나이가 타이르듯 말했다.

"나, 생각해봤어."

"뭘?"

오사나이는 내 눈을 지긋이 들여다보았다. 기본적으로 시선이 마주치면 먼저 눈을 피하는 오사나이로서는 드문 일이다.

"'반半'이 지도라는 걸 알아내는 건 아마 그리 어려운 일이 아닐 거야. 글자가 아니면 그림이라는 걸 알아차리는 건 시간 문제일 테니까. 아마도 고바토는 도지마가 쓴 거니까 당연히 금방 알 수 있다고 생각했기 때문에 발상의 전환에 애를 먹은 거야."

귀가 따갑다. 맞는 말이다.

"그러니까 어떻게 하면 이 지도를 지도로 읽을 수 있는가, 바로 거기에 도지마가 가진 발상의 본질이 있을 거야……."

뭐…… 그렇겠지.

겐고가 남긴 지도 하나 못 읽는다면 분한 노릇이다. 하지만 오사나이 말대로 겐고가 썼다고 얕잡아 봐서는 안 된다.

"알겠어. 잠깐만 조용히 있어봐."

내 경험상 모르는 문제를 풀 때 집중하면 안 된다. 물론 무엇이 문제인지 파악하려면 집중해야 한다. 사고를 점차 좁혀 초점을 맞춰간다. 마침내 마무리 단계에 들어가면 이번에는 집중을 풀어야만 한다. 물론 긴장의 끈을 놓쳐서는 안 된다. 긴장감은 유지하되 사고를 확산시키는 것이다. 그것은 어둠 속에서 사물을 보는 행위와 흡사하다. 인간의 눈은 중심 부분이 어둠에 약하다. 그러므로 어둠 속에서 사물을 볼 때는 주변시周邊視를 쓴다. 상황의 본질을 파악하려면 사고를 확산시켜야 한다. 핵심을 감싸고 있는 전체상이야말로 우리가 진정 보아야 할 답이다.

사고가 슬그머니 퍼져나간다. 너무 집중해서 뭉쳐버린 시점이 분산되어간다. 오랜만에 느끼는 편안함. 오랫동안 쓰지 않았던 사고 방법…….

지도에는 기점이 필요하다. 그리고 겐고는 다급한 상황에서 이 메모를 썼고, 내가 당연히 이해할 거라 생각하고 건넸다.

아니, 건넨 게 아니었다.

기억 속 풍경에서 겐고는 메모를 내게 건네주지 않았다.

내가 멋대로 집어 들었다.

그렇다. 메모는, 그냥 놓여 있었다.

"그런가. 어쩐지 읽을 수 없다 했어……."

나는 무심코 중얼거렸다.

"이거야."

손을 움직였다.

초점을 잃은 시야 한구석에서 오사나이가 웃는 것 같았다.

5

오사나이는 가게에서 나가기 전에 화장실에 들렀다. 손에 스포츠 가방을 들고.

밖으로 나온 오사나이는 낡은 가죽조끼 대신 데님 조끼를 걸치고 있었다. 밑에 입은 짧은 청바지와 셔츠는 그대로인데, 조끼 하나 차이로 수상한 록 가수 같은 분위기가 사라졌다. 앞머리를 좌우 비대칭으로 넘겨 핀으로 고정시켰다. 오사나이 유키, 스포티 어레인지. 이런 모습이라면 함께 길을 걸어도 부끄럽지 않다. 그나저나 오사나이는 옷이 참 많다. 혹시 저승사자 옷도 가지고 있지 않을까?

우리는 산야도리를 걸었다. 역 반대 방향으로 똑바로. 번화가에서 조금 벗어난 산야도리는 상권商圈이 죽었다고 할 정도는 아니지만 활기가 조금 부족했다. 스포츠 용품 가게 옆에 작은 신사가 있고, 그 옆에 무라마쓰야. 이 가게 사과 사탕이 스위트 셀렉션 순위에 있지 않았느냐고 오사나이에게 묻자 환하게 웃으며 끄덕거렸다.

서점, 파출소를 지나면 산야도리는 여기서 끝이다. 길은 계속 이어지지만 여기서부터는 길 이름이 바뀐다. 나는 주머니에서 지도를 꺼냈다. 두 장.

한 장은 겐고가 남긴 메모. 또 한 장은 햄버거 가게 쟁반에 깔려 있던 산야도리 축제 전단지. 나는 전단지와 메모, 두 장을 포갰다.

당연하게도 겐고는 나를 상대로 두뇌 싸움을 걸어온 게 아니었다. 겐고는 그런 짓을 하지 않는다. 누가 봐도 알 수 있는 지도를 그렸다. 막상 가게에서 나가려던 순간, 겐고의 눈앞에 놓인 쟁반에는 전단지에 인쇄된 산야도리 지도가 깔려 있었다. 겐고는 메모지를 뜯어 그 지도의 추가 부분을 그렸던 것이다. 전단지 지도보다 조금 더 앞쪽에 파트너가 있다는 것을 내게 알리기 위해.

그것은 지극히 자연스러운 행동이었을 것이다.

하지만 나는 겐고의 이야기를 제대로 듣지 않았고, 겐고도 내가 듣고 있는지 전혀 확인하지 않았다. 그래서 나는 곧바로 그 메모지를 집어 들었다. 전단지에서 떨어진 지도는 그렇게 '반'쪽이 되어버렸다.

'반半' 자의 아래쪽 가로획이 산야도리에서 쭉 직진하는 방향을 나타내고 있었다. '반半'은 메모지 오른쪽 끝에 바짝 붙어 있었다. 그러니 이 메모는 전단지 왼쪽 끝에 맞춰야 한다. 전단지에 그려진 산야도리를 지나 첫 번째 교차점에서 오른쪽으로 꺾는다. 다음 교차점에 체크 표시가 붙어 있다. 거기가 목적지다.

체크 표시가 되어 있는 교차점에 도착했다. 주유소. 그리고 카페가 있다.

'차코'라는 이름의 작은 카페였다. 스테인드글라스 문을 밀자 묵직하게 삐걱거렸다. 우람한 여성이 카운터 안에서 우리를 향해 웃었다.

"어서 오세요."

오사나이는 어디론가 숨어버렸다. 나는 손을 저으며 말했다.

"죄송해요, 손님이 아니라, 도지마 겐고가 부탁해서 찾아왔는데요."

관엽 식물에 가려 보이지 않았던 칸막이 좌석에서 목소리가 들렸다.

"도지마 선배한테 무슨 일이라도 있는 거예요?"

연분홍색 셔츠와 청바지를 입은 소녀. 살짝 염색한 머리카락은 쇼트커트 스타일이다. 얌전해 보이는 이목구비에 몸이 가녀렸다. 이 아이가 가와마타 가스미일까, 아니면 신문부원일까? 뭐, 상관없다. 여기에 겐고의 파트너가 있다는 사실을 확인했으니 내 볼일은 끝났다.

"아, 겐고가 말한 게 너였구나. 그 녀석은 뭔가 찾아냈는지 뒤를 쫓아가버렸어."

"그래요? 그럼 지금은요?"

"아니, 나도 몰라. 일단 그게 다야. 그럼 힘내."

아무 의미도 없는 말을 남기고 나는 차코를 나왔다.

그 이상 무슨 말을 할 수 있을까. 겐고는 수상한 움직임이 있으면 연락하라고 했지만 나는 누굴 감시해야 하는지도 모른다.

뭐, 계속 고개를 숙이고 있어서 그런 것도 있지만.

아무래도 약속한 3시 반까지 베리베리에 가지는 못할 것 같다. 방금 지나온 산야도리를 되돌아갔다.

오사나이가 내게서 약간 떨어져서 따라왔다.

"역시 풀고 말았네."

나는 등을 돌린 채로 대답했다.

"응……. 뭐."

"이제 안 그럴 거라고 했으면서."

머리를 긁적였다.

"그렇긴 한데……. 뭐, 누구한테 자랑한 것도 아니잖아. 나는 이번 일이 소시민의 길에 딱히 어긋나지 않는다고 생각하는데. 그 상황이라면 누구나 메모의 수수께끼를 풀려고 했을 거야. 나는 그저 그걸 실제로 풀었을 뿐이지."

우리는 서로를 감싸주겠다는 약속을 했다. 그리고 동시에 어느 한쪽이 소시민답지 않은 행동을 하려고 하면 그것을 막는다는 약속도.

내 변명이 궤변은 아니다. 하지만 오사나이는 당연히 약속에 근거해 나를 꾸짖을 것이다. 지금까지 그랬던 것처럼.

그런데.

"……."

"어? 오사나이?"

침묵에 뒤를 돌아보자 오사나이는 아주 조금, 쓴웃음을 짓듯 입술을 끌어올렸다.

"응. 그러네."

그 한마디에 나는 웃는 얼굴로 답했다.

의문을 느꼈다.

아무래도 이상했다. 오사나이는 겐고가 남긴 메모를 해독하려는 나를 말리기는커녕 오히려 부추기지 않았던가?

그리고 알 수 없는 미소. 내가 마침내 해답에 다다랐을 때 오사나이는 웃었다. 나는 오사나이의 성격을 어느 정도나마 알고 있다고 믿었다. 오사나이의 사고방식이나 행동 패턴을 어느 정도 파악하고 있다고 생각했다.

하지만 뭔가가 달라지고 있었다. 지금까지의 내 이해 능력으로는 해석할 방법이 전혀 없다.

어째서 오사나이는 내가 수수께끼를 풀었을 때, 그렇게 기뻐했던 걸까?

뒤에서 오사나이가 말했다. 들뜬 목소리로.

"있지, 고바토. 오늘 프로즌 수박 요구르트는 내가 쏠게!"

The Special Tropical Parfait Case

제 3 장 / 매운맛 곱빼기

에어컨 바람이 시원한 거실에서 소파에 드러누워 문고본을 읽고 있었다. 반바지에 러닝셔츠, 변변치 못한 차림이지만 우리집인데 뭐 어떠랴. 집에는 나밖에 없다. 더우니까 속옷 한 장만 걸쳐도 불평할 사람은 없지만 나도 체면은 있으니.

이번 여름방학은 오사나이에게 꽤나 끌려다니고 있지만 오늘은 약속이 없다. 달콤한 디저트 순례는 대단히 빠른 속도로 진척되어, 여름방학은 이제 겨우 절반밖에 지나지 않았는데 상위 세 군데만 돌면 끝이다. 지난번에 간 5위 스페셜 선디는 먹느라 제법 고생했다. 우회도로변 휴게소 푸드코트에서 맛있는 아이스크림을 판다는 말에 끌려갔는데, 이게 기운 빠질 정도로 멀었다. 보통 사람이 자전거로 갈 거리가 아니다. 낮이 긴 여름인데도 3시에 맞춰 간식을 먹으러 나갔다가 돌아와보니 날이 저물어 있었다. 오늘은 푹 쉬어야겠다.

지금 읽고 있는 이 책은 아무 기대도 안 했던 작품인데 아침 식사 후에 펼친 뒤로 페이지를 넘기는 손을 멈출 수가 없었다. 딱히 대단한 구석은 없는데 미묘한 위화감이 다음 전개를 무척 기대하게 만들고, 튀지 않는 문장이 읽기 편해 점심도 거르고 계속 읽고 있다. 손에서 뗄 수 없는 작품이라는 게 바로 이런 건가. 이야기는 마침내 클라이맥스, 복선이 정교하게 깔려 있다는 건 알겠는데 어느 게 복선인지 모르겠다. 과연 주인공의 운명은 어디로? 결말이 궁금하면 종장에서 만나요, 하는 부분에서 훼방이 들어왔다.

전화였다. 휴대전화는 내 방에 내버려두었는데 집 전화가 울리고 있다. 에잇, 독서를 방해하다니, 시시한 잡상인이면 두고 봐라, 저주할 테다. 마지못해 소파에서 일어나 수화기를 들었다.

"여보세요."

"고바토네 집인가요? 도지마라고 하는데요."

아아, 젠장, 전화라고는 일 년에 한 번 할까 말까 하는 녀석이 하필 종장 직전에 연락하다니, 정말이지 타이밍 나쁜 녀석! 내 목소리에는 억누를 길 없는 짜증이 묻어났다.

“겐고야? 왜? 볼일이 있으면 문자로 하지 그랬어.”

하지만 역시 도지마 겐고. 내가 아무리 평소와 달리 퉁명스럽게 말해도 전혀 아랑곳하지 않는다.

“말은 잘하네. 전화했는데 안 받았잖아.”

“난 모르는 일이야. 늘 휴대전화를 눈앞에 두고 사는 건 아니니까.”

“뭐하고 있었어?”

“몰입하고 있었어.”

“……뭐라고?”

나는 한숨을 쉬었다. 기분 잡쳤다. 종장은 나중에, 아무도 방해하지 않는 한밤중에나 느긋하게 읽어야겠다.

“됐어. 무슨 용건이야?”

어지간히 중요한 일이겠지. 아무리 과대평가해도 절친하다고는 할 수 없는 내게, 그것도 일부러 집 전화로 연락한 이상 분명 중대한 용건이리라. 전에 햄버거 가게에서 감시를 부탁받은 뒤에 따로 연락을 하지 않았는데 그것 때문일까?

“점심 먹었어?”

“……아직 안 먹었는데.”

“그래? 탄탄면 먹으러 갈 건데 같이 가자.”

……뭐라고?

함께 점심 식사를? 하하하, 농담 한번 잘하네.

나는 헛기침을 하고 차분히 말했다.

"알겠어, 그래, 재미있네. 그래서 용건이 뭔데?"

수화기 너머에서 울컥한 목소리가 들려왔다.

"농담 아니야. 뭐, 자세한 사정은 만나서 얘기하지. 내가 쏠게."

"탄탄면이라……."

"조고로, 너, 설마 한여름에 라면은 안 먹는다는 소릴 하려는 건 아니겠지? 땀 닦을 수건 가져와. 가게가 더우니까."

오사나이의 달콤한 디저트 순례는 상당히 고역이었지만 그래도 스마트했다. 세련된 테이블을 사이에 두고 "맛있네.", "응, 맛있다." 이런 식이다. 그런데 험상궂고 덩치 큰 사내녀석과 수건까지 챙겨 가서 여름 한낮에 탄탄면을 먹어야 한다니, 격차가 너무 심하지 않나? 기뻐서 눈물이 다 난다.

"가면 얘기해주겠다는 건 뭔가 할말이 있다는 거지? 전화로 해."

오늘도 더울 것 같은데, 가게도 더우면 좀…….

그런데 겐고가 이상한 소리를 했다.

"됐으니까 와. 우는소리 좀 하게."

우는소리라.

우는소리를 하겠다는 표현이 너무 겐고다워서 나는 그만 웃을 뻔했다. 똑같이 불평을 하더라도 이건 우는소리라고 미리 알려주는 게 당당하다고 해야 할지 어리숙하다고 해야 할지. 나는 그런 겐고다운 성격에 경의를 표하기로 했다.

"알았어, 갈게. 가게는?"

"'금룡'. 어딘지 알아?"

안다. 후나도 고등학교 옆에 있는, 스포츠 동아리 사람들이 자주 찾는 라면 가게다. 비닐을 씌운 회전의자가 쭉 늘어서 있는 곳이다. 지난번에는 '벚꽃 암자'에서 우아한 테이블에 앉아 대나무 물레방아 소리를 들으며 전통 아이스크림을 먹었는데.

"삼십 분 안에 갈게."

그렇게 말하고 전화를 끊었다.

오사나이야 어쨌든 겐고까지 날 찾다니 이번 여름방학은 제법 인기가 좋다. 뭐, 남자인 나로서는 케이크보다 탄탄면이 일반적, 즉 소시민적이라고 할 수도 있겠다. 다만 겐고와 함께이니 라면 가게 카운터에서 읽다 만 문고본을 펼칠 수는 없을 것 같다.

어지간히 오래되어 벽에 금까지 간 낡은 건물에 노란 전구가 둘레를 장식하고 있는 금룡의 간판. 에어컨 설정 온도를 마음껏 낮추고 있던 거실에 비하면 활활 타오르는 지옥 같은 땡볕 아래서 자전거를 몰아 가게로 갔다. 겐고의 충고를 순순히 받아들이기는 했지만 역시 수건을 가져오기는 민망해 손수건을 가져왔다.

겐고는 가게 문 옆에서 팔짱을 끼고 우뚝 서 있었다. 흰색과 파란색이 섞인 럭비 셔츠에 카키색 바지. 겐고가 럭비 셔츠를 입으니 정말 럭비 선수 같다. 입을 잔뜩 비죽거리며 자전거를 세우는 나를 노려보았다.

"왔냐?"

"안녕, 잘 먹을게."

"모처럼 먹는 거니 배 터지게 먹고 가. ……가자."

겐고는 침착하게 말하더니 팔짱을 풀고 문을 밀었다. 그 순간.

"어서 옵쇼!"

요란한 인사가 울려 퍼졌다. 주방 안에는 하얀 유니폼이 터져나갈 듯한, 겐고 두 배쯤 되는 몸집의 턱수염 남자. 남자의 기세에 눌리지 않으려는 듯 겐고도 큰 소리로 말했다.

"탄탄면, 매운맛 곱빼기 두 개!"

"오케이, 탄탄면 매운맛 곱빼기 두 개요!"

어, 매운맛?

“잠깐, 겐고, 나 너무 매운 건 못 먹어.”

겐고가 내 등짝을 철썩 때렸다.

“걱정 마. 혀가 마비될 정도로 맵지는 않아.”

“넌 그렇더라도 난 어떨지 몰라.”

“죽지는 않아.”

그야, 뭐, 그렇겠지만. 손수건으로 버틸 수 있을까? 카운터 안쪽에 내 키만큼이나 큰 에어컨이 윙윙거리고 있어 겐고의 말처럼 가게 안까지 덥지는 않았다.

점심때가 지난 시간이라 가게에는 아무도 없었다. 회전의자에 걸터앉았다.

전화를 받았을 때부터 수상했는데 직접 만나고 보니 확실히 알겠다. 오늘 겐고는 조금 이상하다. 겐고는 무신경하고 눈치도 없는 둔한 녀석으로 기본적으로 무뚝뚝하고 우악스러운 남자다. 남의 사정도 묻지 않고 무작정 불러낸 점은 겐고답지만 오늘 겐고는 고조되어 있었다. 들떠 있다기보다 어딘가 자포자기한 느낌이다. 뭐, 그러니까 우는소리를 하겠다고 했겠지만.

겐고는 물수건으로 손을 박박 닦더니 각진 얼굴로 희미하게 웃었다. 왠지 겐고에게 어울리지 않는 짓궂은 미소였다.

"미안해, 갑자기 불러내서."

"알면 됐어."

"아무것도 안 하고 있었지?"

"왜 그렇게 생각해? 이래 봬도 이번 여름방학은 꽤 바빠."

겐고가 눈썹을 찌푸렸다.

"바쁘다고? 정말 바빴어?"

"아니……. 오늘은 계획이 없었는데, 평소에는 오사나이가 불러내거든. 오늘은 파르페, 내일은 선디, 이런 식으로."

어라? 그 두 개는 무슨 차이더라?

"오사나이가?"

겐고가 씨익 웃었다.

"사이가 좋아 보이니 부러운데."

사이가 좋다고 해야 할까, 우리 관계에 비추어 보면 오사나이가 나를 이렇게 자주 불러낸다는 건 명백히 이상 사태다. 하지만 그 미묘한 뉘앙스를 겐고에게 설명하기도 귀찮았고, 이번 여름방학에는 그런 일이 너무 잦아서 나도 거의 감각이 마비되어버렸다. 나는 어깨를 움츠리는 것으로 대답을 대신했다.

"그래서? 무슨 얘기를 하려고?"

"뭐, 그냥. 많이 생각해봤는데 우는소리를 하기에는 네가 두 번째로 적합해서."

"두 번째? 첫 번째는?"

"구멍을 파서 고래고래 외치고 묻어두는 게 최고지."

그러면 구멍 위에 대나무가 자라 바람이 불 때마다 우는소리가 흘러나올 테니 겐고의 말처럼 좋은 방법은 아니다. 하지만 두 번째가 나라니, 이해할 수 없는 소리다.

"여자친구한테 들어달라고 하면 되잖아? 그러니까…… 가…… 뭐랬지?"

겐고의 표정이 얼어붙었다. 부끄러워하는 줄 알았는데 아무래도 내 착각이었는지 자조하듯 중얼거렸다.

"걔는 여자친구가 아니야. 게다가 걔가 얽힌 문제라 당사자한테 말할 수도 없고."

그러더니 벌떡 고개를 들었다.

"네가 어떻게 걔를 알아?"

"어떻게 알기는, 전에 역 앞 햄버거 가게에서 네가 말했잖아."

"내가?"

"응. 약 하는 그룹하고 어울린다는 가와마타라는 애 여동생, 이름이 뭐랬지, 가스미? 가와마타 가스미의 부탁으로 이것저것 조사하고 있다고 했어."

"내가 그런 말까지 했어……?"

겐고가 고개를 갸웃거렸다. 뭐, 무의식적으로 불쑥 흘린 말인 것 같았으니 본인이 기억하지 못할 수도 있다.

나는 붉은색 카운터에 팔꿈치를 괴었다. 주방에서는 가게 주인이 체에 수북이 담긴 채소, 피망, 당근, 양파, 양배추에 숙주나물을 움푹한 냄비에 털어 넣었다. 물기가 튀는 요란한 소리가 가게 안에 울려 퍼졌다.

"그래서? 위대한 도지마 겐고가 고작 여자아이 하나 때문에 어떻게 됐다고?"

"음."

여전히 석연치 않은 얼굴이었지만 겐고는 왼손으로 오른쪽 주먹을 감싸더니 결심한 듯 입을 열었다.

"이름을 말한 기억은 없지만, 불량한 패거리하고 어울리는 녀석을 어떻게든 거기서 빼내려고 한다는 얘기는 했지?"

"했어."

겐고가 망설이듯 잠시 침묵했다가 불쑥 말했다.

"직접 찾아갔다가 쫓겨났어."

저런, 어쩌다.

"안됐네, 하지만 본인 의사로 그룹에 낀 거라면 뭐, 어쩔 수 없는 일이지."

"그랬다면 내가 낙담할 것 같아?"

나는 잠시 고민했다. 가와마타 아무개가 원해서 '악의 길'에 몸을 던졌다 치자. 겐고가 거기서 그녀를 구하지 못했다고 낙담할까?

"낙담할 것 같은데."

채소를 볶는 향긋한 냄새가 감돌기 시작했다. 사장님이 팔뚝을 걷어붙이고 냄비를 흔들고 있다. 삼발이와 냄비가 부딪혀 덜컥덜컥 소리를 냈다.

겐고는 쓴웃음을 흘렸다.

"너 혹시 날 초등학교 때 기준으로 보는 거야?"

"아니, 그건 전적으로 내가 할 소린데."

"좋아서 약으로 장난치는 거라면 자기가 알아서 할 일이지. 부탁을 받았으니 도와줄까 싶긴 했지만, 실제로 처음에는 그렇게 생각했어. 그러다 쫓겨나기까지 했으니 그 이상은 내가 나설 자리가 아니었지."

솔직히 놀랐다. 도지마가 이렇게 차갑게 말할 줄은 생각도 못 했기 때문이다. 본인이 직접 불만을 표명했으니 이 점은 인식을 바꿔야 할지도 모르겠다.

"그런데 가와마타 본인도 빠져나오고 싶어 한단 말이야, 진심으로. 조고로, 너 다카바 중학교 나왔지? 너희 중학교에서 약물 때문에 벌받았던 녀석 없었어?"

"있어. 너한테도 알려주려고 했어."

"뭐야, 역시 알고 있었네."

겐고가 흥, 하고 콧방귀를 뀌었다. 딱히 숨긴 건 아니지만 조금 민망했다.

사장님이 바삐 움직였다. 그런가, 가게에 한 사람밖에 없으니 채소를 볶으면서 그릇에 국물을 담고, 면도 혼자 삶아야 한다. 면을 너무 오래 삶아도 안 되고, 채소를 너무 오래 볶아도 안 되니 타이밍이 생명이다. 지금은 손님이 둘이니 어떻게든 되겠지만 바쁠 때는 어떻게 하는 걸까? 문득 벽을 보니 "주방 보조 급구! 최고 대우·조건 상담"이라고 큼직하게 적힌 종이가 붙어 있었다.

"경찰에 걸린 리더는 이사와라는 애인데 가와마타가 자기를 고자질했다고 계속 의심하고 있다나 봐. 올해 가와마타를 찾아내서 상당히 겁을 줬대. 스패너를 휘두르면서 달려들었다더라."

스패너 크기에 따라 다르겠지만 살의가 느껴진다.

"고자질한 건 결국 다른 사람인가 보던데, 가와마타는 그 일 때문에 완전히 겁을 집어먹고 빠져나오고 싶어도 그러질 못하고 있어. 그런 사정까지는 간신히 알아냈는데, 이게 참…….”

겐고가 천장을 올려다보았다.

“난처해. 설득하러 갔는데 전혀 믿어주질 않아. 처음에는 이사와에게 부탁을 받고 가와마타가 정말 배신하지 않았는지 조사하는 거 아니냐고 하더라니까. 나도 지금까지 오지랖을 어지간히 떨어봤지만 이렇게 믿어주지 않는 경우는 처음이야.”

“여동생이 부탁했다면서? 이름을 대면 되는 거 아냐?”

“물론 말했지. 본인이 증명도 해줬어. 그랬더니 이러는 거야. 여동생이 걱정하는 건 알고 있었다, 그룹에서 빠지라고 말은 쉽게 하지만 그러면 24시간 나를 지켜줄 테냐. 이사와는 정상이 아니라서 말없이 그룹에서 빠지면 기분 나쁘다고 자길 죽이고도 남을 거래.

그렇게까지 겁에 질린 애한테 내가 지켜줄 테니 괜찮다고 말할 수 있겠어? 만화처럼 피리 소리를 듣고 달려갈 수 있는 것도 아니잖아. 그렇게까지 할 이유도 없고……. 결국 힘없이 돌아올 수밖에 없었어.”

말을 마친 겐고가 깊은 한숨을 내쉬었다.

고생했네, 겐고. 아무리 연하의 여자친구 부탁이라고 해도 정말 애 많이 썼어. 가와마타가 설득에 응하지 않은 건 어쩔 수 없는 일이야. 이야기를 들어보니 겐고에게는 가와마타의 마음을 돌릴 재료가 하나도 없잖아.

"그래서 낙담한 거야?"

겐고는 고개를 저었다.

"아니. 대단한 일은 못 해도 바로 물러나는 건 너무 빨리 포기하는 것 같아서. 할 수 있는 일이 없을까 싶어서 한 번 더 만나러 갔어. 그랬는데 조고로, 나한테 뭐랬는지 알아?"

잠시 고민했다. 어지간히 쌀쌀맞은 대우를 받았겠지.

"민폐라고?"

"아니……. 거치적거린대."

……허.

겐고는 면을 건져 매끄럽게 물기를 터는 사장의 솜씨를 멍한 눈으로 바라보며 조금 자조 어린 목소리로 중얼거렸다.

"각오가 부족해. 위험을 무릅쓰면서까지 가와마타 사나에를 구해야겠다는 생각은 없어. 이건 위선이야……."

나는 조금 안타깝게 생각했다. 겐고는 정의로운 남자라 쓸데없는 일에 곧잘 끼어들지만, 망설이기 전에 먼저 뛰어들고 보는 단순한 적극성은 옆에서 볼 때 나름대로 재미있다. 그런 겐고가 위선이라는 표현으로 자신을 속박해서는 안 된다. 그 말은 조금 더 냉소적인 타입이 말해야 재미있는데.

겐고의 우는소리는 끝난 것 같았다. 때마침 탄탄면 매운맛 곱빼기도 나왔다. 하얀 그릇 두 개가 우리 앞에 놓였다.

"탄탄면 매운맛 곱빼기 나왔습니다!"

세숫대야처럼 커다란 그릇에 마치 소프트아이스크림처럼 원뿔 모양으로 채소가 우뚝 솟아 있었다. 국물도 면도 보이질 않는데요…….

뭐, 식욕이 떨어진 한여름이지만 이렇게 기합이 들어간 음식이 나왔으니 맞서지 않을 수 없다. 나는 나무젓가락을 들면서 말했다.

"뭐, 그런 경우도 있지. 그러다 또 잘 풀릴 거야. 그럼, 잘 먹겠습니다."

아무 의미도 없는 위로의 말을 늘어놓으며 젓가락을 가르는 내게 겐고가 가볍게 끄덕였다.

"시시한 얘기였지, 미안해."

괜찮다고 말하려다가 문득 궁금해졌다.

"그런데 겐고, 어째서 내가 우는소리를 하기에 알맞다는 거야? 가와마타 가스미한테는 털어놓을 수 없더라도 신문부 친구들도 얼마든지 있을 텐데."

"아아, 그건 말이지."

겐고는 별것 아니라는 듯 태연히 말했다.

"신문부 녀석들은 다들 좋은 녀석들이거든. 내가 우는소리를 하면 내 잘못이 아니라고 열심히 증명해줘. 그 점에서 너라면 괜히 동정하거나 어설프게 위로하지 않고 적당히 한 귀로 듣고 잊어줄 테니까."

……말이 심한데.

그러면 길가 돌부처나 붙잡고 털어놓으면 되잖아. 정말이지, 도지마 겐고라는 녀석은 기본적으로 내게 무례하다.

겐고는 자기 허벅지를 철썩 때리더니 젓가락을 들고 외쳤다.

"야, 조고로. 어때, 이런데 안 먹고 배길 수 있겠어? 안 먹고는 못 배길 때 금룡의 탄탄면보다 더 나은 게 이 세상에 있겠느냐고!"

"알았어, 알았어. 알았으니까 먹어."

"좋았어, 잘 먹겠습니다! 저기, 공깃밥 두 개 추가요!"

두 개라니, 설마 내 것도?

그래, 알았어. 먹을게. 먹으면 되잖아. 나는 채소의 산을 정복하기 전에 스푼을 푹 담가 국물을 한 숟갈 떠서 후루룩 마셨다.

……매, 매워!

The Special Tropical Parfait Case

제 4 장 / 사탕 줄게, 이리 오렴

1

그날 밤, 터질 듯했던 배도 그럭저럭 가라앉고 아껴두었던 문고본의 종장도 만족스러운 대단원을 맞이해 그만 슬슬 자야겠다 싶은 23시. 침대 위에서 휴대전화가 울렸다. 문자인 줄 알고 내버려뒀는데 진동이 멈출 줄을 몰랐다. 전화인가? 허둥지둥 휴대전화를 집어 들자 화면에는 "오사나이 유키 휴대전화"라고 찍혀 있었다.

겐고의 전화에도 놀랐지만 오사나이의 전화도 꽤 오랜만이다. 기억을 더듬어보면…… 한참을 더듬어봤지만 통 기억이 나지 않는다. 어쩌면 처음인지도 모르겠다. 급한 용건일까? 약간 긴장하면서 전화를 받자 오사나이가 유난히 들뜬 목소리로 외쳤다.

"아, 고바토? 아직 안 잤어? 미안, 이렇게 늦게."

"괜찮아, 깨어 있었어."

"오늘밤 덥지? 나 잠이 안 올 것 같아."

뭐, 여름이니까. 맨션 구조로 볼 때 중산층 이상은 될 테니 오사나이의 방에도 에어컨은 있겠지만.

"밤바람이라도 쐬어봐. ……그런데 무슨 용건이야?"

"응, 저기……."

오사나이가 살짝 불안한 목소리로 물었다.

"있지, 고바토. 며칠 전에 함께 산야도리 축제에 가자고 했던 거 기억나?"

"아아, 응."

두루뭉술하게 대답했다. 분명 얼마 전 오사나이 여름 스위트 셀렉션 4위 아이스크림 2종 세트를 먹고 오는 길에 그런 제안을 받기는 했다. 거역할 수 없는 오사나이의 절대 명령으로 검은깨 아이스크림과 두유 아이스크림 세트밖에 주문할 수 없었지만 나는 내심 평범하게 말차 아이스크림을 먹고 싶었다. 검은깨도 두유도, 오사나이가 보증할 만큼 맛있었으니 다행이었지만.

그날 오사나이는 무척 자연스럽게 산야도리 축제가 열리는 날에 다른 일정이 있는지 물었고, 나는 적당히 "없는 것 같아"라고 대답했다.

내 목소리에 패기가 없는 것을 느꼈는지 오사나이가 별안간 애타게 다그쳤다.

"괜찮지? 그날 비어 있는 거지?"

"……예정은 없어. 비어 있어. 갈게."

대답하기가 무섭게 전화 너머에서 안도한 분위기가 전해져 왔다. 오사나이가 한결 부드러운 목소리로 말했다.

"그래, 다행이야……. 나, 제대로 묻지 않았던 것 같아서……."

나는 휴대전화를 고쳐 쥐었다.

"그렇게 가고 싶어?"

"당연하지!"

오사나이의 목소리에 열기가 깃들었다.

"꼭 가야 해."

"왜? 이렇게 말하면 그렇지만, 단순한 상점가 이벤트 아니야?"

"고바토."

오사나이가 말귀 못 알아듣는 상대에게 설명하듯 친절한 목소리로 말했다.

"산야도리 축제 자체는 확실히 평범한 이벤트야. 하지만 산야도리에는 무라마쓰야가 있어. 무라마쓰야는 이 동네에서 한 번도 밀린 적 없는 최고의 화과자집이야. 기초 상식이라고."

어떤 사람들에게 기초 상식이라는 말인지.

"그래서 말이야, 고바토한테 준 지도에도 무라마쓰야가 실려 있는데 기억해?"

"아아, 그러고 보니……."

지난번 햄버거 가게에서 겐고를 만났던 날에 발견했다. 대표 제품은 분명…….

"사과 사탕이 맛있는 곳이었나?"

"맞아!"

지금 오사나이는 전화 너머에서 어떤 표정을 짓고 있을까?

"사과 사탕은 불량 식품이니까 원래는 셀렉션에 들어갈 게 못 돼. 하지만 무라마쓰야 사과 사탕은 달라. 알겠어, 고바토? 차원이 다르다고."

"하아."

"일 년에 하루, 산야도리 축제가 열리는 날에만 화과자를 파는 무라마쓰야가 가게 앞에서 선별한 사과와 비장의 물엿으로 만든 최고급 사과 사탕을 팔아. 사과는 신맛이 강한 품종으로 손님에게 주문을 받으면 그 자리에서 껍질을 깎지. 물엿도 지나치게 달지 않고, 그렇다고 단맛이 부족한 것도 아니야. 착색제는 절대 사용하지 않은 황금색 물엿으로 사과에 얇게 옷을 입히는 거야. 단맛과 신맛의 절묘한 배합은 사과 사탕의 개념을 한 단계 격상시킬 정도야."

"그렇구나."

아무리 그래도 개념을 격상시킨다니…….

"난 올여름 고바토한테 여러 가게를 소개했어. 하지만 이 사과 사탕을 먹어보지 않으면 진정 가치 있는 디저트를 소개했다고 할 수 없어!"

진정 가치 있는 디저트라니, 경의라도 표해야 할까?

어떻게든 오사나이에게 내가 단 음식을 좋아하지 않는다는 걸 알릴 방도가 없을까 고민했지만 그렇게나 무라마쓰야의 사과 사탕을 기대하고 있다면 굳이 흥을 깰 필요는 없다. 나는 기세에 눌려 얌전히 물었다.

"그거 기대된다, 정말이야. 그럼 내일은 가게 앞에서 바로 만나면 돼?"

잠시 침묵이 깔렸다. 아직 찬양이 끝나지 않았는데 말을 잘라 화가 난 건지도 모른다. 이어지는 오사나이의 목소리는 방금 전과 영 딴판으로 몹시 차분했다.

"아니. 가게 말고 일단 우리집으로 와. 함께 가자. 그래…….

1시쯤, 우리집에서.”

“1시랬지? 알았어. 그럼 내일 봐.”

“꼭이야.”

응, 하고 건성으로 대답하고 전화를 끊으려 했다. 그때 오사나이가 한마디 덧붙였다.

“이게 올여름 최고의 추억이 될 거야.”

……멋진 하루가 되면 좋겠다.

8월 18일 오후 11시 20분경, 이사와 하세미는 가와마타 사나에의 전화를 받았다. 가와마타는 이사와에게 이튿날 19일 오사나이 유키의 행동에 대한 정보를 전했다.

그때 이사와는 가와마타에게 전부터 그룹 내에서 논의했던 계획을 실행하겠노라 알렸다. 가와마타는 넌지시 제지했지만 역학 관계상 이사와가 그 말을 받아들일 리는 없었다.

가와마타의 전화를 끊은 이사와는 문자로 다른 멤버들에게 이튿날 행동을 지시했다. 그 문자는 이사와를 비롯해 지시를 받은 멤버들의 휴대전화에 고스란히 남았다.

그날 밤, 좀처럼 떨어질 줄 모르는 기라 시의 기온은 그해 여름 최고의 열대야를 기록했다.

2

전날 밤부터 자욱하게 깔린 구름은 이튿날 아침에도 걷히지 않아 도저히 이벤트에 어울리는 날씨라고 할 수 없었다. 밤사이 열기가 빠지지 않은 탓에 아침부터 후덥지근해, 마음을 더욱 무겁게 만들었다. 게다가 어제 먹은 탄탄면이 아직 위에 남아 있는 느낌이다. 그렇게 매운 음식을 산더미처럼 쑤셔넣었으니…….

약속은 1시. 아무리 속이 거북해도 빈속은 도리어 좋지 않다. 토스트로 가볍게 속을 달래고 외출했다. 상점가 이벤트 회장에 자전거를 세울 곳이 있을지 의문이지만 일단 오사나이네 집까지는 자전거로 가기로 했다.

태양은 고개도 내밀지 않았는데 기온만 자꾸 올라가, 그냥

다 내팽개치고 싶을 정도로 나른했다. 집에서 여유 있게 나섰는데 서두를 필요가 없다 보니 페달을 밟는 다리에도 힘이 전혀 들어가지 않았다. 주택가 좁은 골목의 짧은 오르막길이 유난히 고되게 느껴졌다.

중간에 참다못해 편의점에서 더위를 식혔더니 생각보다 시간이 많이 지났다. 오사나이네 맨션에 도착하니 약속한 정각 1시였다.

그나저나 이번 주는 '전국 무례 주간'이라도 되는 걸까? 어제의 겐고도 상당히 무례했는데 오늘의 오사나이는 심지어 집에 없었다.

물론 굳게 닫힌 철문에 힘없이 발길을 돌린 것은 아니다. 엘리베이터로 3층까지 올라가서 오사나이네 집 초인종을 누르자 오사나이가 아니라 눈매와 코가 쏙 빼닮은 여성이 안에서 문을 열어주었다.

지금까지 오사나이네 집에 놀러간 적은 몇 번 있지만 늘 집에는 아무도 없었다. 집안 사정은 거의 들은 적이 없지만 맞벌이라는 건 알고 있었다. 그리고 오사나이는 가족이 없을 때만 나를 부르는 줄 알았다. 오늘도 그럴 거라 생각했는데, 오사나이 유키 이외의 다른 사람이 나타나 그만 할말을 잃었다.

눈을 동그랗게 뜬 내게 여성이 말했다.

“어서 오렴, 네가 고바토구나?”

의례적인 빈말이 아니라 진심으로 이 사람이 오사나이 언니인 줄 알았다. 그렇지만 나는 오사나이가 외동딸이라는 걸 알고 있다. 그렇다면…….

“아, 처음 뵙겠습니다. 고바토입니다. 저, 오사나이의……?”

그 여성은 부드럽게 미소를 지었다.

“엄마란다.”

그랬던 것이다. 오사나이가 나이에 비해 굉장히 어리게, 즉 초등학생 정도로 보이는 이유는 어머니의 유전자 덕분일까? 그런 생각이 들 정도로 눈앞의 여성은 고등학교 2학년생 딸을 둔 나이로 보이지 않았다. 물론 고등학생처럼 보이지는 않지만 복장에 따라서는 대학생이라고 해도 믿겠다.

다만 오사나이와 오사나이 어머니는 미소의 온기가 전혀 달랐다. 오사나이의 미소는 대체로 온기와 거리가 멀다.

나는 고개를 꾸벅 숙였다.

“안녕하세요……. 저, 오사나이…… 유키는 집에 없나요?”

“미안하구나.”

오사나이의 어머니가 뺨에 손을 대며 대답했다.

"잠깐 밖에 나갔어. 미안해, 금방 돌아올 텐데."

"밖에 나갔다고요?"

약속 시간을 정한 건 오사나이였는데……. 뭐, 급한 용건이라도 생긴 모양이지. 그럴 때도 있는 법이다. 나중에 다시 올까? 산야도리에서 직접 만나도 된다. 그런 생각을 하는데 오사나이의 어머니가 현관문을 활짝 열었다.

"고바토가 오면 집에 들어와서 기다리라고 전해달라더구나. 집이 지저분하지만 들어오렴."

"아니, 저는……."

"자, 어서."

오사나이가 집에서 기다리라고 했다니까 정말 금방 돌아오겠지. 불편할 것 같기는 했지만 굳이 사양하는 것도 소시민답지 않다. 나는 하아, 그럼 실례합니다, 하고 웅얼거리며 집으로 들어갔다.

오사나이의 어머니는 나를 거실로 안내해주었다.

바깥의 불쾌지수와 함께 올라갔던 내 불쾌감은 시원한 에어컨 바람 덕분에 단숨에 내려갔다. 시원하다는 것만으로 마음이 이렇게나 관대해지다니, 역시 환경은 중요하다.

현관 앞에서 집이 지저분하다고 했지만 예상대로 거짓말이었다. 어쩌면 달리 지저분한 장소가 있을지도 모르지만 적어도 거실은 깔끔했다. 근본적으로 물건이 적어서 너저분할 수가 없는 것이다.

그래도 웃는 얼굴로 내주는 방석과 시원한 보리차를 대접받으니 아무래도 전에 왔을 때와는 기분이 달랐다. 오사나이의 집은 늘 너무 깔끔해서 생활감이 없는 호텔 같다고 생각했는데 오늘은 그런 느낌이 하나도 없다. 보리차를 마시면서 문득 그 희박한 생활감은 공간 때문이 아니라 오사나이 본인에게 원인이 있는 건지도 모른다는 생각이 들었다. 오사나이는 아무래도 조금, 독특하니까.

물론 나도 남 말 할 처지가 아니라, 그 부분을 교정하는 것이야말로 우리가 꿈꾸는 소시민 계획의 핵심이라 할 수 있다.

쟁반에 담은 전병 과자가 나왔다. 정중한 대접에 감사. 오사나이의 어머니는 낮은 테이블 맞은편에 우아하게 무릎을 꿇고 앉아 고개를 숙였다.

"우리 유키가 늘 신세가 많아."

아닙니다, 저야말로. 정중하면서도 적당한 인사를 했다. 하지만…….

"……."

아무래도 나를 두고 값을 매기는 것만 같다. 뭘까, 저 미소

아래의 미묘한 긴장감. 노골적으로 쳐다보지는 않지만 뜨거운 시선이 느껴진다. 컵을 들었다 내려놓는 손동작까지 지켜보는 듯한.

나도 별 뜻 없이 웃으며 생각하다가 깨달았다. 아아, 그렇구나. 당연히 눈치챘어야 했다. 그렇지, 그렇겠지, 귀여운 외동딸에게 들러붙은 게 어떤 벌레인지 가늠하고 있는 것이다. 그 예상을 뒷받침하듯 오사나이의 어머니가 이렇게 말했다.

"다행이야, 똑바른 아이 같아서."

눈에 든 것은 영광이지만 오사나이와 나의 관계를 오해하는 모양이다. 물론 우리가 일부러 조장하는 그 오해는 학교에서는 좋은 방패막이가 되지만 가족까지 그렇게 생각하는 건 좀…….

내 걱정과 상관없이 이야기는 계속되었다.

"유키가 너무 얌전해서 학교에서 잘 지내는지 걱정했거든. 맞벌이라 얘기도 많이 못 들어주고……."

"잘 지내요."

격려하듯 말했다.

"친구도 꽤 많고요. 성격이 밝아서 다들 좋아해요."

약간 과장된 칭찬이지만 거짓말은 아니다. 오사나이는 학교에서는 무난한 성격으로, 내가 아는 한 그 애를 싫어하는 사람은 없다. 친구는 많지만 여름방학 때 함께 다닐 만한 상대가 없는 점은 나와 똑같다.

"그러니? 여름방학 때부터 밤중에 전화도 자주 하는 눈치라, 좋은 친구가 생긴 것 같아 마음이 놓였거든. ……그런데 남자친구였다니 깜짝 놀랐어."

오사나이의 어머니는 안도한 표정으로 말했다. 오사나이에게 가족에 대한 이야기를 들어본 적이 없어서 어쩐지 이렇게 정보를 주고받기가 꺼림칙했다.

손목시계를 보았다.

"오사나이가 어디 갔는지 아세요?"

"그게 말인데."

오사나이의 어머니는 손으로 이마를 짚으며 유난히 어쩔 줄 몰라 했다.

"잠깐 뭘 사 오겠다면서 점심 전에 나갔단다. 이제 곧 돌아올 텐데……. 정말 미안하구나. 걔도 참, 무슨 생각인지."

"점심 전에요……?"

약속 시간은 1시였다. 점심 전이라는 말은 최소 12시 직전, 실제로는 훨씬 전이었을 테니 벌써 한 시간도 더 넘었다.

이상하다. 뭘 사러 갔다는데, 우리는 번화가에 가기로 약속했으니 살 게 있으면 그때 잠깐 들르자고 하면 될 일이다. 오사나이는 그런 일로 눈치를 볼 아이가 아니다.

그런데 그러지 않았다면 정말 근처에 시시한 물건을 사러 갔을 가능성이 높다. 금방 끝날 터라 약속을 앞두고도 외출한 것이다. 그렇다면 그런 용무로 한 시간 넘게 걸리는 게 또 이상하다.

이 추론을 정리하면, 이런 결론이 나온다.

오사나이는 이 근처에서 팔지는 않지만 나와 함께 사러 가기는 거북한 물건을 사러 갔다.

뭐, 그런 물건 한두 개쯤 있을 수 있지. 곧 돌아오겠지. 어색한 상황이지만 어중간한 미소는 유지할 수 있다. 우리 딸하고 무슨 사이냐고 캐묻는 것도 아니니 너무 긴장하지 말자.

그후로도 거실에서는 무난한 이야기가 이어졌다. 오사나이의 어머니는 한번 깨진 침묵이 다시 찾아올까 봐 두렵기라도 한 듯 줄줄이 화제를 던졌고, 나는 그 질문에 싹싹하게 대답했다. 대체로 오사나이의 학교생활에 대해 물었는데 딱히 들려줄 만한 재미있는 이야기는 없었다. 중학교 때 오사나이가 어땠는지 묻는다면 이야깃거리가 좀 있는데. 안 할 거지만.

얼마나 그러고 있었을까. 전화가 울렸다.

휴대전화인 줄 알았는데 거실의 집 전화였다. 때마침 우리는 오사나이네 담임 선생님에 대해 이야기하고 있었다.

"어머, 잠깐만."

오사나이의 어머니가 자리에서 일어나 텔레비전 옆에 놓인 전화기를 들었다.

"여보세요?"

나는 가만히 숨을 내뱉고 바닥에 남아 있던 보리차를 비웠다. 손목시계를 보니 1시 반이 조금 넘었다. 오사나이에게 문자를 보내볼까?

휴대전화를 꺼내려던 참이었다.

바로 그때.

날카로운 목소리가 귀를 때렸다.

"당신 누구야!"

수화기를 단단히 거머쥔 오사나이 어머니는 표정이 굳어 있었다. 방금 전까지 보였던 예의를 갖춘 미소는 찾아볼 수 없었다. 범상치 않은 분위기에 나도 우뚝 멈췄다.

누군지 따지고 나서는 수화기에 대고 아무 말도 하지 않았다. 전화 너머에서 들려오는 목소리에 귀를 기울이고 있는 듯했다. 귀를 쫑긋 세웠지만 에어컨이 웅웅 돌아가는 소리밖에 들리지 않았다.

이윽고 비명소리가 폭발했다.

"잠깐! 그 애 목소리를 들려줘!"

대답이 없었는지, 오사나이의 어머니는 천천히 수화기를 내려놓았다.

보통 일이 아니다. 신중하게 물었다.

"무슨 일이에요?"

"그 애가, 유키가……."

중얼거리는 목소리에 힘은 없었지만 이성을 잃은 건 아니었다. 오사나이의 어머니는 다시 수화기를 들더니 단축 다이얼로 어딘가에 전화를 걸었다.

10초, 20초……. 40초, 50초. 긴 호출이었다. 상대가 전화를 받지 않는 것이다. 이윽고 포기했는지 수화기를 내려놓은 오사나이의 어머니가 그제야 내 존재를 알아챈 것처럼 흠칫 놀랐다.

"오사나이한테 무슨 일이라도?"

돌아온 대답에는 애써 억누르기는 했지만 동요가 묻어 있었다.

"분명 장난전화일 거야. 누군지 몰라도 못된 장난전화……. 유키를 잡아갔대. 오백만 엔을 내놓으면 무사히 돌려보내주겠다고, 기계로 조작한 이상한 목소리로."

돈을 주면 오사나이를 돌려보내주겠다고?

그건 그러니까, 그건가?

나는 한심스러우리만치 째진 목소리로 물었다.

"그러니까…… 오사나이가, 유괴당했다는 말씀인가요?"

기나긴 혼란. 유괴라는 단어를 이해하지 못하는 듯한.

하지만 사실이 그런 것이다. 오사나이의 어머니는 내게 고개를 끄덕이고는 집안 곳곳을 두리번거리며 말했다.

"그래……. 그런 뜻이네. 유키가, 유괴당했어……."

계획은 8월 19일 오후 12시 50분경 실행에 옮겨졌다. 가와마타의 정보를 근거로 기라 시 모토요시 정 산야도리에서 잠복하고 있던 이사와 패거리 세 명은 혼자 있던 오사나이 유키를 발견했다. 우르르 에워싸고 뒷골목으로 끌고 가 사나운 말로 위협하고 팔을 잡아끄는 등 억지로 몰아세워 역 앞 주차장까지 끌고 가 그곳에 세워두었던 차로 납치했다.

오사나이는 잔뜩 겁먹은 것처럼 몸을 웅크린 채로 대답도 횡설수설했다. 차에 태울 때는 격렬하게 저항했지만 이사와가 구타하자 저항을 멈췄다.

현장은 번화가였고, 그날은 산야도리 축제가 열렸기 때문에 차량 통행이 규제되었다. 인파는 많았지만 도와주는 사람은 없었다. 길 초입과 끝에는 각각 교통정리를 하는 경찰이 배치되어 있었지만 상황을 미처 알지 못했다.

3

오사나이와 연락이 되지 않는 상황에서 몸값을 요구하는 전화가 걸려오자 오사나이의 어머니는 대단히 타당하게 대응했다. 먼저 남편에게 연락해 딸의 유괴 소식을 알리고, 경찰에 전화한 것이다. 누가 110번에 신고하는 모습은 처음 본다. 내가 전에 경찰에 전화했을 때는 경찰서 전화번호를 찾아서 연락했는데.

"전화로 딸이 귀찮게 굴어서 유괴했다고 했어요. 무사히 돌려받고 싶으면 오백만 엔을 준비하라고. 예, 걸어봤는데 딸하고 연락이 안 됩니다."

그리고 나를 돌려보냈다. 사실 돌려보냈다고 할 것도 없었다. 딸이 유괴당한 집에 어떻게 오래 있을 수 있겠는가.

유괴.

내가 알기로 유괴란, 말로 교묘하게 꾀어내는 행위를 뜻한다. 오사나이가 말에 속아넘어갔을 리는 없다. 아마도 폭력에 의존한…… 약취略取일 것이다.

지금 중요한 문제는 그게 아니다.

유괴? 오사나이가? 어째서?

먼저 머릿속에 떠오른 것은 그게 정말일까 하는 의혹. 적당히 거짓말을 둘러대 오사나이 가족에게서 돈을 뜯어내려는 사기가 아닐까? 그렇다면 오사나이의 어머니가 망설이지 않고 신고한 시점에서 몹시 어설픈 사기극이 되지만, 오사나이가 정말 유괴되었는지 확인할 길이 없는 이상 의심은 해보아야 한다. 물론 진짜 유괴가 아니길 바라는 마음도 있다.

한편으로 가령 유괴가 진짜라면 오사나이가 무사한지 불안했다. 몸값을 노린 유괴가 종종 비극적인 말로로 끝난다는 것은 누구나 알고 있다. 아니, 이런 재수없는 생각을 하다니!

내 마음속에서 그런 가능성들을 압도적으로 누른 것은 비현실적인 느낌과 오싹한 공포였다.

"오사나이……."

맨션 3층에서 엘리베이터를 탔다. 나는 허벅지를 꼬집었다. 통증은 분명히 있는데 엘리베이터가 내려가는 느낌 때문인지 아무래도 현실감이 없었다.

나와 오사나이는 지금까지 갖가지 트러블을 겪어왔다. 우리가 꿈꾸는 소시민은 트러블을 싫어하므로 전부 '어쩌다 휘말린' 결과다. 그것은 거의 대부분 신변의 위협을 수반하지 않는, 심각하지 않은 트러블이었다.

우리는 타고난 성격 때문에 귀찮은 문제 가까이 있지만 진짜 위험은 조심스럽게 회피해왔다. 그것은 둘 다 고배를 마셨던 중학교 시절의 경험으로 배운 호신술이기도 했다. 우리는 지난 일 년 남짓한 고등학교 생활을 대체로 평온하게 보냈다.

하지만 이번 일은 소시민의 영역이 아니다. 유괴는 온건한 사안이 아니다. 겐고가 남긴 '반半'이라는 메모처럼 해결하지 못해도 별문제 없는 태평한 문제도 아니거니와, 샬럿을 사이에 두고 우리가 펼쳤던 장난도 아니다. 그 현실성이 오히려 내게서 현실감을 앗아가 정체 모를 공포를 안겨주었다.

그뿐만이 아니다. 대단히 유감스럽게도 오사나이 유키가 유괴당했다는 말을 들은 나, 고바토 조고로가 느낀 감정은 그게 전부가 아니었던 것이다.

"……."

나는 엘리베이터 안에서 계기판에 손을 짚고, 내뱉었다.

"이럴 수가. 난 얼마나……."

의혹, 불안, 비현실성. 그렇다, 나는 분명 그런 감정을 느끼고 있다. 그것은 자연스러운 일이다. 하지만 나는 그런 감정들의 밑바닥에 있는 발칙한 충동을 느끼고 있었다. 그 사실을 인정하지 않을 수 없었다.

나는 그런 충동을 품고 만 것이 부끄러워 엘리베이터 안에서 중얼거렸다.

"이건 두뇌 싸움의 재료가 아니야……. 오사나이가 실제로, 유괴당했단 말이다!"

나는, 흥분했다.

이런 일은 흔하지 않다. 영리함을 내세워 누구보다 빨리 '진상'에 다다를 수 있다고 자부하는 내게 이렇게 군침 도는 재료가 또 있을까? 재주도 호적수가 있어야 부각되는 법. 재능을 시험하려면 그에 합당한 무대와 소재가 필요하다. 오랫동안 그런 기회를 만나지 못했는데 이렇게 멋진 사건을 만나다니, 지금까지 참아왔던 지루함을 충분히 보상받고도 남는다. 유괴 만세!

요컨대 나는 그런 생각을 했던 것이다. 그런 사고방식 때문에 많은 사람들을 상처 입히고 불쾌하게 만들었고 나 역시 비난을 받아왔는데. 그렇기에 더욱 소시민을 표방하고 얌전히 지내겠노라 결심했는데.

그런데도 나는 여전히, 그런 생각을 하는 것이다.

엘리베이터 문이 열렸다. 맨션 밖으로 나오자 침침하게 흐린 하늘 아래 짜증스러운 열기가 나를 감쌌다.

오사나이가 위험하다는 사실에 비하면 정말 사소한 일이지만, 그나마 이번 일에 내가 낄 여지가 없다는 게 다행이었다. 나는 기억에서 끄집어낸 사소한 단서에서 의미를 찾아내는 재주는 뛰어나지만 아무 단서도 없으면 논의할 가치가 없다.

아니, 솔직히 두어 가지 위화감이 없는 건 아니지만 그걸 검증한다고 오사나이의 안전이 보장되지는 않는다. 이미 경찰이 움직이고 있다. 나의 소시민성을 따져볼 것도 없이 내가 나설 무대가 아닌 것이다.

그렇게 결론을 내린 다음에야 비로소 진심으로 오사나이의 안전을 바랄 수 있었다. 오사나이, 도저히 그 나이로 보이지 않는 고등학교 2학년, 둘도 없는 친구 오사나이 유키. 어째서 그 애였을까, 진짜 유괴당한 게 맞는지조차 알 길이 없지만 부디 무사히 돌아와. 내가 해줄 수 있는 일은 없지만…….

하다못해 그래, 네가 먹고 싶다던 사과 사탕을 사놓을게. 네가 돌아왔을 때 건네줄 수 있도록.

그런 생각으로 자전거에 올라타려는 순간.

휴대전화가 울렸다. 문자 수신. 보낸 사람은…… 오사나이!

황급히 휴대전화를 열고 버튼을 연타해 문자를 선택했다.

거기에 찍혀 있는 내용을 보고 눈이 휘둥그레졌다.

오사나이가 보낸 문자에는 이렇게 적혀 있었다.

미안해. 사과 사탕 네 개랑 카눌레 하나만 좀 사다 줘. 미안해.

오사나이 유키는 약물 패거리 중 한 명인 호조 도모코의 아버지가 소유한 일반 승용차로 납치당했다. 호조는 운전면허가 없지만 그전에도 가끔 아버지의 자동차로 무면허 운전을 했다. 아버지 역시 알면서도 묵인한 것으로 보인다.

자동차는 5인승으로 운전석에 호조가 타고 뒷좌석에 세 명이 앉았다. 그들은 오사나이를 가운데에 앉히고 양쪽에서 들볶으며 협박했다.

그날 오사나이의 복장은 남색 플레어스커트에 하얀 버튼다운 셔츠. 가방이나 다른 소지품은 없었다.

납치한 패거리는 오사나이에게 강한 적의를 드러냈지만 이동 중에는 별로 거칠게 굴지 않았다. 이사와는 오사나이를 죽이겠다는 뜻의 발언을 수차례 했지만 일반적인 욕설일 뿐, 그것만으로 이사와에게 살의가 있었다고 판단할 수는 없을 것이다.

오사나이는 별다른 저항은 않고 그저 가만히 고개를 숙이고 있었다. 이사와 패거리가 사납게 몰아세우면 "아니야", "미안해" 하고 짤막하게 대답은 했지만 먼저 입을 열지는 않았다.

차 안에서 이사와는 이번 계획에 가담하지 않은 가와마타 사나에에게 강한 불만을 표시했다.

그들은 오사나이를 차에 태운 채 이십 분 가까이 끌고 다녔다.

4

나는 문자를 받기가 무섭게 오사나이에게 전화를 걸었다. 숨을 삼키고 대답을 기다렸다.

하지만 귀에 들려온 것은 무정하게도 오사나이의 휴대전화가 꺼져 있다는 메시지였다. 그렇다면 오사나이는 이 문자를 보낸 직후 전원을 껐다는 뜻이다. 물론 전파가 닿지 않는 곳으로 들어갔을 가능성도 있다.

어쩌면 직접 전원을 끈 게 아니라 누가 전원을 꺼버렸을 가능성도.

종료 버튼을 눌러 호출을 끊었다. 다시 문자를 찬찬히 훑어보았다. 오사나이는 이 문자로 무엇을 전하려 했을까?

사과 사탕과 카눌레를 사달라? 아니, 당연히 아니다. 사과 사탕이라면 함께 사러 가자고 약속했으니 그 약속을 깨고 싶은 거라면 어디로 와달라고 썼어야 한다. 게다가 카눌레라는 이름은 금시초문이다. 아마 디저트 이름이겠지만, 내가 디저트에 해박하지 않다는 걸 알면서 그런 이름을 꺼냈다는 것 자체가 뭔가 속셈이 있다는 뜻이다.

심부름시킬 목적이 아니라면, 문자는 왜 보낸 걸까?

나는 중얼거렸다.

"SOS다."

남들 눈에는 디저트 심부름을 부탁하는 문자로만 보이겠지만, 나는 그렇지 않다는 걸 안다. 다시 말하겠다. 유괴당한 오사나이가 유괴범 몰래 이 문자를 보냈다 치자. 나중에 범인이 이 문자를 보더라도 도움을 요청한 줄 모를 것이다. 하지만 나는 알 수 있다.

방금 전까지 엘리베이터 안에서 나를 괴롭히던 번뇌는 사라졌다. 소시민이 어쩌고저쩌고 따질 때가 아니다. 문자를 해석해서 오사나이를 구출할 수 있다면 어찌 망설이겠는가?

나는 고민했다. 고작 이삼 초지만.

이것이 구조 요청이라면 나는 어떤 행동을 취해야 할까? 구체적으로 말한다면, 이 문자를 경찰에 보여주고 수사가 진척되기를 기다려야 하는 걸까?

아니, 그것은 정답이 아니다. 나는 경찰이 유괴 사건을 수사할 때 어떻게 행동하는지 모른다. 이 문자를 중요하게 여기고 내 이야기를 들어준다면 다행이지만, 그렇지 않으면 시간만 낭비하게 된다. 정답은 이 문자를 근거로 오사나이를 찾아낸 다음 경찰을 부르는 것이다. 물론 유괴범이 감시를 붙여놓지 않았다면 바로 구출해낼 수도 있겠지만, 그런 요행은 기대하기 어렵다.

그렇다면 당장 행동에 임해야 할까?

그것도 정답이 아니다. 상대가 한 명이라는 보장이 없다. 뜻밖의 사태가 생겨 호랑이굴에 들어갔다가 그대로 잡아먹히기라도 하면 오사나이에게 위험을 끼칠 뿐이다. 여차할 때 도움을 청하기 위해 반드시 한 명은 더 있어야 한다.

그 한 명이 누구여야 할까……. 고민할 것도 없다. 평온한 학교생활을 보내는 내게 친구는 많지만, 이런 황당무계한 이야기를 털어놓을 수 있는 친구는 그 녀석밖에 없다. 물론 내키지는 않는다. 내키지는 않지만 이것저것 가릴 때가 아니다.

휴대전화를 조작했다. 느긋하게 문자를 치고 있을 겨를이 없어 전화를 했다. 연락할 상대는 겐고. 연락처를 입력해두길 잘했다.

고맙게도 도지마 겐고는 바로 전화를 받았다.

"……왜?"

"아, 겐고? 안 바쁘면 당장 좀 와줘."

"바빠."

"바빠도 당장 와줘."

그렇지 않아도 퉁명스럽던 목소리에 노골적으로 불쾌한 기색이 묻어났다.

"장난하냐?"

다짜고짜 나오라고 하면 당연히 기분 나쁘겠지. 어제 겐고도 한 짓이지만. 하지만 지금은 느긋하게 에둘러 말할 때가 아니다. 단도직입적으로 말하자.

"오사나이가 유괴당했어. 범인이 몸값을 요구했는데, 그후에 오사나이한테 문자를 받았어. 감금 현장을 찾아내서 경찰을 부를 거야. 나 혼자서는 위험해. 부탁이니 도와줘."

"……뭐?"

이 녀석 무슨 소리를 하는 거야, 하고 황당한 기색이 묻어나는 목소리. 지당한 반응이지만.

"농담이 아니야. 진짜야. 오사나이네 어머니가 협박 전화를 받았어. 경찰이 오사나이네 집으로 오고 있어. 하지만 오사나이가 보낸 문자를 해독할 수 있는 건 나뿐이야. 그렇지만 혼자 움직일 수는 없어. 너무 위험해."

짧은 침묵.

겐고는 불쾌한 기색을 지우고 지독히 평탄한 목소리로 대꾸했다.

"너, 달리 부탁할 친구는 없어?"

나는 소시민이고자 했다.

그리고 그렇게 행동하며 얻은 친구들과는 역시 그런 관계밖에 맺을 수 없다. 내가 '여우'라는 사실을 알고 있는 겐고만이 여우인 내가 믿을 수 있는 사람이다. 나는 그 사실을 자조할 겨를도 없이 즉답했다.

"없어."

겐고도 바로 대답했다.

"알았어. 어디로 가면 돼?"

"우리집. 일단 집으로 돌아가야 해."

"십 분 안에 갈게."

"급하게 움직일 필요 없어. 나도 밖이라 아무리 서둘러도 십오 분은 걸려."

휴대전화를 끊고 자전거 안장에 올라탔다.

맨션 밖으로 나갈 때, 촌스러운 라이트밴 차량이 들어왔다. 옆을 지날 때 밴에 사람들이 꽉 차 있는 게 보였다.

시간을 쟀다. 십오 분은 걸릴 줄 알았는데, 전속력을 낸 보람이 있어 거의 십 분 만에 집에 돌아올 수 있었다. 겐고는 아직 도착하지 않은 듯했다.

오래된 집을 리모델링한 단독주택. 이게 우리집이다. 리모델링한 2층에 있는 내 방으로 뛰어들어 지도를 꺼냈다. 그냥 지도가 아니다. '오사나이 여름 스위트 셀렉션'이다. 현관에서 지도를 펼쳤다. 기라 시 지도에 붉은 점이 여기저기 흩어져 있다. 오사나이가 조사한 추천 맛집이다. 때마침 겐고가 도착했다.

겐고는 후줄근한 청바지에 실내복 같은 폴로셔츠를 걸치고 나타났다. 서둘러 온 모양인데 숨 하나 흐트러지지 않았다. 아직도 헐떡대는 나와는 체력이 다르다.

"왔어, 조고로."

"고마워."

짧게 인사하고 지도를 가리켰다.

"간단히 설명할게. 이 지도는 나하고 오사나이만 갖고 있어. 이 동네 디저트 가게를 망라한 오사나이 특제 지도야. 그리고 오사나이가 보낸 문자가 이거."

휴대전화 화면을 보여주었다.

미안해. 사과 사탕 네 개랑 카눌레 하나만 좀 사다 줘. 미안해.

겐고 눈에는 심부름 문자로만 보일 줄 알았는데, 뜻밖에도 겐고는 문자를 읽고 바로 이렇게 말했다.

"카눌레를 하나만?"

"한 개면 이상해?"

"내가 아는 카눌레는 스콘처럼 작은 과자야. 하나만 사지는 않을 텐데."

어째서 겐고가 그런 과자 이름을 아는지 모르겠다. 겐고보다 상식이 부족한 것 같아 왠지 분한 마음도 들지만, 그건 나중에 생각하자.

"그렇구나. 그렇다면 이건 더더욱 심부름 문자가 아니야. 겐고, 여길 봐. 사과 사탕을 파는 가게는 여기야."

나는 지도에 순위표를 포갰다. 사과 사탕을 파는 가게는 무라마쓰야. 산야도리에 있는 가게다.

"그리고 카눌레를 파는 가게는……."

카눌레는 오사나이가 선별한 베스트 10에는 들어 있지 않다. 하지만 순위권 밖의 디저트도 빠짐없이 기록되어 있다. 카눌레가 맛있는 가게는 바로.

"'레몬시드'야. 겐고, 레몬시드 좀 찾아봐."

겐고는 아무 말 없이 지도를 살펴보았다. 오사나이가 꼽은 가게는 이 동네 방방곡곡에 흩어져 있다. 동네 변두리 주택지 안에 있는 카페까지 체크되어 있다. 그 숫자는, 서른.

겐고가 금방 손가락으로 지도를 짚었다.

"있다. 여기야."

레몬시드는 무라마쓰야에서 남서쪽으로 제법 떨어진 곳에 있었다. 이로써 가게 위치는 알아냈다. 이제 간단하다. 나는 살짝 웃었다.

"전에 오사나이가 내게 수수께끼를 냈어. 정말 쉬운 문제였지. 가게 이름을 두 개 알려주고, 그 사이에 있는 가게로 오라는 거였어. 답은 간단해, 그 두 가게의 중간 지점에 있는 가게를 말하는 거였어. 오사나이는 그걸 기억하는 거야."

"그렇군, 하지만……."

겐고가 바로 무라마쓰야와 레몬시드 중간 지점을 손가락으로 가리켰다.

"그 방법이라면 이 부근 아냐?"

그 두 가게의 중간 지점은 대형 쇼핑센터였다. 굉장히 북적거리는 곳이다. 도저히 사람을 감금할 만한 장소가 못 된다.

"그러네. 도구 좀 가져올게."

계단을 뛰어올라가 방에서 자와 볼펜을 가져왔다. 두 가게 사이에 선을 그었다. 길을 몇 개나 건너고 선로까지 가로지르는 긴 선이다. 굳이 측정할 것도 없이 두 가게의 중간 지점은 분명 쇼핑센터였다.

"여기야?"

"아니……. 아닐 거야."

"그럼 어디야? 이 직선 위 어디인지 모르면 손쓸 도리가 없어."

나는 입술을 깨물었다. 착각한 걸까? 아니면 오사나이는 무라마쓰야와 레몬시드 근처를 지나 다른 장소로 끌려갔다고 말하고 싶었던 걸까? 확실히 범인의 이동 경로를 알면 경찰에게 도움이 될 것이다. 그런 뜻일까?

휴대전화를 열어 오사나이가 보낸 문자를 다시 읽었다. 사과 사탕 네 개, 카눌레 하나. 이게 무라마쓰야와 레몬시드를 가리키는 건 틀림없다.

아니, 이 문자에 포함된 정보는 또 있다.

"카눌레는 하나만 사는 디저트가 아니라고 했지?"

"나라면 그래. 단언할 자신은 없지만……."

굳이 몇 개인지 쓴 이상 뭔가 있다. 과자 이름만 중요하다면 개수까지 지정할 필요는 없었을 것이다.

까다로운 수수께끼일 리는 없다. 이 문자가 오사나이의

SOS라면, 오사나이는 내가 금방 해독할 수 있는 문제를 냈을 것이다. SOS를 보냈는데 해독에 시간이 걸려 때를 놓친다면 무용지물이다.

사과 사탕 네 개, 카눌레 하나. 숫자에도 의미가 있다면…….

"한번 해볼까……."

나는 자를 대고 두 가게를 잇는 직선을 5등분했다.

"4 대 1. 무라마쓰야에서 4, 레몬시드에서 1이면 이쯤인가?"

그 지점을 가리켰다. 아무래도 이 방법도 아닌 모양이다. 내가 가리킨 곳에는 시립 남부 체육관이라고 적혀 있었다.

"설마 공영 체육관은 아니겠지……."

그러자 겐고가 안색을 바꿨다.

"아니! 조고로, 너 몰라?"

"뭘?"

"남부 체육관은 곧 철거하고 새로 지을 예정이라 지금은 출입 금지 상태야."

오호라.

"유괴범이 아지트로 쓸 만한 장소야?"

"아아……. 그래……."

겐고가 턱을 쓰다듬으며 잠시 생각에 잠겼다.

"커다란 폐건물이니까. 불량배들이 어슬렁거린다는 얘기는 들은 적 있어. 그런 의미에서는 보는 눈이 완전히 없는 곳은 아니야. 하지만 부속 건물도 꽤 많으니, 시가지 안에서 장소를 찾는다면 최선책은 아니겠지만 차선책은 될 거야."

"얼마나 걸릴까?"

"……이십 분."

"좋아, 가자."

집에서 뛰쳐나갔다. 혹시 몰라 한 번 더 오사나이의 휴대전화에 연락을 해보았지만 역시나 전원이 꺼져 있었다.

정말이지, 제정신이 아니었다. 완전히 구경거리다.

바람 한 점 없고 당장이라도 비가 쏟아질 것처럼 구름이 두껍게 낀 하늘 아래, 온난화의 저주를 쏟아부은 것처럼 불쾌한 열기 속에서 나는 유괴당한 소녀를 구출하기 위해 달렸다. 이동 수단은 자전거. 실내복 그대로 뛰쳐나온 우악스러운 남자를 데리고 필사적으로 페달을 밟는 내 모습은 필시 우스꽝스러울 것이다. 이왕 공주님을 구하러 가는 거라면 조금 더 멋지면 좋을 텐데.

우리는 주택가를 벗어나 이를 악물고 기나긴 신호가 바뀌기를 기다려 우회 도로를 건너고, 꼭대기에서 하늘로 튀어오를 기세로 아치형 구름다리를 넘었다. 정말 미안하게도 때로는 보행자들을 공포에 몰아넣으며 인도를 달리고, 반대로 바로 옆을 지나가는 트럭에 간을 졸이며 차도를 달리기도 했다.

자전거는 기어비* 관계로 페달을 열심히 밟는다고 속도가 쭉쭉 올라가지는 않는다. 마음은 다급했지만 정해진 속도로 달리니 그렇게 지치지도 않았다. 다만 불쾌지수가 높은 더위만큼은 참을 수가 없었다. 목이고 팔이고 다리고 몽땅 축축하게 젖었는데 그게 내 땀인지, 대기 속 습기가 들러붙은 건지 모르겠다. 처음에는 내가 앞장섰지만 시가지에 들어가자 겐고를 앞세웠다. 남부 체육관의 존재는 알지만 구체적인 길은 가물가물했다. 그 점에서 겐고는 이 동네 길을 구석구석 잘 알고 있는 듯했다.

무라마쓰야와 레몬시드 중간 지점에 해당하는 쇼핑센터 옆을 빠져나갔다. 직선거리로는 거의 다 왔을 터. 앞쪽 신호가 바뀌었다. 힘껏 브레이크를 잡아 한껏 올랐던 스피드를 떨어뜨렸다. 여기까지 거의 쉴 새 없이 전속력. 숨이 찼다.

겐고는 피곤한 기색은 없었지만 역시나 이마가 땀에 젖어

* 서로 맞물리는 기어에서 큰 기어의 잇수를 작은 기어의 잇수로 나눈 값.

번들거렸다. 신호를 노려보며 불쾌한 목소리로 말했다.

"그러고 보니 작년에도 이런 일이 있었는데."

"무슨 일?"

"오사나이가 위험하다고 해서 정신없이 달려갔잖아."

아아.

"'타르트 사건' 말이야?"

"응? 무슨 사건?"

"아, 아니, 혼잣말이야."

오사나이는 그 사건을 고집스레 '봄철 한정 딸기 타르트 사건'이라고 불렀다. 그 이야기를 나눌 때면 '자전거 도난'이라고 간략하게 부르던 나는 점점 오사나이의 기세에 눌려 '타르트 사건'이라고 말하는 경우가 늘었다. 물론 그때 일을 그렇게 자주 언급하는 건 아니지만.

신호는 아직도 바뀌지 않았다. 편도 일 차선의 좁은 도로인데 쇼핑센터 근처라 그런지 교통량이 많아서 신호를 무시하고 건너기는 어려웠다.

"그때도 폐를 끼쳤어. 답례도 제대로 못 하고, 미안해."

"그런 건 상관없어. 그게 아니라 오사나이란 애 말인데……. 아니……."

말을 흐리기는 했지만 겐고가 무슨 말을 하고 싶은지 대충 알겠다. 오사나이 유키는 항상 이 모양이냐고 묻고 싶겠지. 그리고 그 말을 집어삼킨 이유도 대충 짐작이 간다. 타르트 사건 때야 어쨌든 이번 일에서 오사나이는 순수한 피해자다. 오사나이가 '늑대'라서 납치당한 게 아니다.

"어쨌거나 지금은 오사나이를 찾아야 해. 하고 싶은 말이 있으면 나중에 들을게."

마냥 신호가 바뀌기만 기다리는 신세지만 지금은 한마디도 나눌 기분이 아니었다. 집에서 나온 지 이제 곧 이십 분. 오사나이네 집에 몸값을 요구하는 전화가 걸려온 지 대략 오십 분. 오사나이 유키의 몸값은 오백만 엔. 그 돈으로 오사나이가 반드시 무사히 돌아온다면야, 그건 오사나이네 가족이 결정할 문제다.

"……."

오백만 엔…….

"조고로."

이름을 부르는 소리에 깜짝 놀라 고개를 들었다. 신호가 파란불로 바뀌었다. 페달을 밟는데 신호가 바뀌는 순간 아슬아슬하게 끼어든 우회전 차량이 내 자전거를 칠 뻔했다.

"전봇대나 박아, 멍청아."

짧은 욕설을 내뱉고 겐고를 따라 정신없이 달렸다.

남부 체육관은 건물 앞에 너른 주차장이 있는 제법 규모가 큰 체육 시설이었다. 체육관뿐만 아니라 뒤에는 테니스장, 핸드볼 경기장, 궁도장도 있었다. 간판을 보고 지금에야 안 사실이지만.

건물 노후로 새로 짓는다더니 말마따나 주차장 너머로 본 체육관은 세월이 느껴진다고 할까 낡았다고 할까, 적적한 분위기가 감돌았다. 문을 닫은 지 얼마나 되었을까? 겐고는 '커다란 폐건물'이라고 표현했는데, 확실히 그런 분위기가 감돌았다. 멀리서 봐도 지저분한 유리문이나, 무성하게 자라난 화단에서.

부지로 들어가는 입구에는 오렌지색 울타리가 쳐져 있었다. 울타리 틈새로 비집고 들어갈 수는 있겠지만 자전거를 두고 가야만 한다. 눈에 띄겠지.

"어디 뒤로 들어갈 만한 곳은 없을까?"

"뒷문이 있기는 한데……. 더 좋은 방법이 있어."

겐고를 따라 일단 체육관 밖으로 나왔다. 건물 옆으로 돌아가 좁은 골목을 빠져나가자 작은 공원이 나왔다. 내 가슴께까지 오는 울타리가 옆에 붙은 체육관과 공원을 가르고 있었다.

"아하."

겐고를 부르길 잘했다.

우리는 코끼리 미끄럼틀 뒤에 자전거를 숨기고 울타리를 뛰어넘었다. 직사각형 모양의 체육관 건물 뒤쪽 모퉁이 부근이었다.

지저분한 회색 벽에 녹슨 커다란 철문이 달려 있었다.

"겐고, 저 문은……."

"자재 반입용일 거야. 아마 무대 뒤로 이어지겠지."

"열릴까?"

"열어보면 되지. 그보다 저걸 봐."

겐고가 목소리를 낮추고 뭔가 창고 같은 건물을 가리켰다. 아니, 겐고가 가리킨 것은 건물에 가려 앞부분만 살짝 보이는 자동차였다.

주변을 살피며 종종걸음으로 차에 접근했다.

자동차는 라이트밴이었다. 바로 얼마 전에 세차한 것처럼 깔끔한 크림색 라이트밴. 깨끗하다는 건 여기에 버려진 차가 아니라는 뜻이다. 누가 타고 온 것이다.

"뒷문은 안 잠겨 있어?"

"그것까진 몰라."

하지만 기둥 사이에 플라스틱 와이어나 체인을 걸어놓은

정도라면 작정하고 들어가려는 사람에게는 장애물도 아니다. 바깥 경비도 허술했던 점을 생각하면 자동차 한 대쯤 들어갈 틈이 있어도 이상하지 않다.

차창으로 안을 들여다보았다. 문을 열려다가 얼른 깨닫고 손수건을 꺼내 손을 감쌌다. 하지만 문은 열리지 않았다. 뒷좌석 가운데에 포장지가 떨어져 있는 게 보였다.

"저건……."

"왜 그래, 조고로?"

나는 그 포장지를 가리키며 말했다.

"잘은 안 보이는데 롤리팝 포장지 같아."

"롤리팝?"

카눌레는 알면서 롤리팝을 모르다니.

"막대사탕 말이야……. 오사나이가 가끔 먹어."

겐고가 눈썹을 찌푸렸다.

"사탕을 줄 테니 따라오라고 꾀어낸 건 아니겠지?"

내 머릿속에 순간, 오사나이에게 막대사탕을 건네는 낯선 아저씨가 떠올랐다. 아가씨, 사탕 줄게, 이리 오렴. 오사나이는 물론 거절했을 것이다. 나도 있으니까 필요 없어. 그럼 캐드버리 초콜릿도 주마. 와아, 그럼 갈래!

"이런 긴급 상황에 시시한 농담은 자제해줘."

겐고가 머쓱한 듯 머리를 긁적거렸다.

"미안. 어쨌거나 여기가 맞겠지?"

"아직은 몰라."

앞좌석도 살펴보았다. 운전석은 별다를 게 없었지만 오디오에 내비게이션까지 있어 내부가 제법 훌륭했다. 겐고는 휴대전화를 꺼내 자동차 번호판을 찍었다. 나도 슬슬 카메라 기능이 달린 휴대전화로 바꾸는 게 나을까?

조수석은 너저분했다. 빈 페트병과 껌 포장지를 쑤셔넣은 편의점 봉투가 자리에 굴러다녔다. 그리고…… 주먹만 한 크기의 하얀 트랜스시버 같은 기계. 트랜스시버? 흔히 볼 수 없는 도구인데. 게다가 안테나가 보이지 않는다. 혹시 그게 아닐까 짐작 가는 물건이 있기는 한데, 단정하기 어려웠다.

"겐고. 저거, 트랜스시버일까?"

"응?"

휴대전화를 만지작거리던 겐고가 다가와 내가 가리킨 물건을 보았다.

"아닌 것 같은데."

"그럼 뭘로 보여?"

"전에 비슷한 걸 본 적 있는데……. 장담은 못 하겠지만."

겐고는 그렇게 단서를 달고 나를 쳐다보았다.

"음성변조기."

나도 그렇게 생각했다. 겐고에게는 말하지 않았지만 범인은 오사나이네 집에 전화할 때 기계로 목소리를 바꿨다.

자, 오사나이의 문자가 가리키는 장소, 폐쇄된 부지에 들어와 있는 자동차. 그 안에 오사나이가 가끔 먹는 막대사탕 포장지 비슷한 휴지조각, 음성변조기일지도 모를 기계.

겐고가 말했다.

"신고할까?"

재료는 다 갖춰진 것 같지만……. 아직 정황증거의 영역에서 벗어나지 못했다.

"오사나이가 있는지부터 확인하자. 돌다리도 두드려보고 건너야지."

고개를 끄덕이고 걸음을 떼는 겐고를 불러 세웠다.

"그리고…… 조수석이 비어 있었다면 오사나이를 뒷좌석에 태웠을 테니 범인은 여러 명일 거야. 최소 두 명, 아마도 세 명이겠지. 조심하자."

숨을 죽이고 일단 체육관 건물부터 조사하기로 했다.

등줄기에 땀이 줄줄 흘러내렸다. 더위 때문만은 아닐 것이다.

이사와 패거리는 오사나이 유키를 전부터 사용하던 장소로 끌고 가 그곳에 있던 파이프 의자에 오사나이의 두 팔을 묶었다. 납치에 직접 관여하지 않은 인물 두 명이 감금 현장에서 대기하고 있다가, 총 다섯 명이 오사나이를 에워쌌다. 다섯 명 다 여자였지만 모두 오사나이의 납치 감금에 찬성한 것은 아닌 듯했다. 현장에 대기하고 있던 둘 중 한 명은 오사나이를 두드러지게 동정했고, 오사나이를 묶는 데에도 소극적으로 반대를 표명했다. 하지만 이사와가 현장에 나타나지 않은 가와마타를 다시 매도하고, 몇 사람이 언성을 높여 찬동하자 그 한 명도 위험을 무릅쓰면서까지 오사나이를 감싸려 하지는 않았다.

그들은 과거에 발생한 트러블에 오사나이가 관여했는지 따지고 들었다. 오사나이는 이래저래 둘러대며 기본적으로 부정했지만, 미리 유죄판결을 정해놓은 재판이나 다름없었다. 이사와 패거리는 부정하는 오사나이에게 거짓말하지 말라며 격앙했지만, 그렇다고 긍정하면 그 자리에서 작살을 낼 게 뻔했다. 오사나이는 차츰 말수를 잃었고, 목소리도 작아졌다.

이사와는 오사나이의 답답한 태도를 참다못해 어깨와 뺨을 쿡쿡 찔러댔다. 잔뜩 겁에 질린 오사나이는 자기는 관여하지 않았다고 강하게 부정했지만 이사와는 거기서 그치지 않고 오사나이의 아랫배를 걷어찼다. 오사나이는 일시적으로 호흡곤란을 일으켜 한동안은 다그치는 말에도 고개를 가로젓는 게 고작이었다.
그대로 폭행이 계속되었다면 불같은 성미의 이사와가 어디까지 난폭하게 굴지 몰랐다. 납치 감금에 찬성했던 멤버도 기본적으로 심각한 폭행까지 용인하지는 않았지만, 그렇다고 말리려 들면 이사와의 분노가 자기들에게 돌아올 가능성도 있었다. 현장의 긴장감은 차츰 고조되었다.
그런 상황에서 호조가 담배빵을 놓으면 얌전해질 거라고 했고, 이사와도 그 제안을 받아들였다. 담뱃불을 이용해 상대에게 화상을 입히는 행위는 피해자에게 평생 지워지지 않는 흉터를 남기지만 생명에는 지장이 없다. 다른 멤버들도 호조의 제안에 찬성을 표했다.
이사와가 담배를 꺼내자 호조가 불을 붙였다. 이사와는 불붙은 담배를 오사나이의 눈앞에 들이대며 협박한 뒤, 담뱃불을 오사나이의 어디에 짓이길지 살폈다.

5

자재 반입구, 발밑의 채광창, 사무실과 화장실 창문, 당연히 정면 현관까지 살폈지만 열려 있는 곳도 없고 깨진 창문도 없었다. 이 부지에는 다른 건물들도 많다. 오사나이를 감금해둘 뿐이라면 테니스장에 붙어 있는 작은 자재 창고로도 충분하다. 갈라져서 찾는 게 나을까. 하지만 그러면 겐고와 함께 온 의미가 없다. 그런 고민이 들기 시작했을 때 체육관 외벽에 붙어 있는 계단이 보였다.

"저 계단은……."

"아마 2층 통로로 이어질 거야."

물론 조사해야 한다. 계단 초입에는 체인이 걸려 있었지만 넘어가는 건 일도 아니었다. 나는 중간까지 올라가다가 몸을 숙였다.

"왜 그래?"

"롤리팝 포장지야……."

참고로 콜라맛 사탕이었다.

곱게 두 번 접은 사탕 포장지를 펼쳐 뒷면을 손가락으로 문질러보았다.

"아직 끈적거려……."

우리는 잠시 얼굴을 마주보았다가 누가 먼저랄 것 없이 후다닥 계단을 올라갔다. 계단 끝에는 철문이 있었다. 열리는지 굳이 시험할 필요도 없이 문은 살짝 열려 있었다. 이렇게 멍청한 유괴범이 다 있다니.

손잡이를 잡고 겐고에게 눈짓으로 물었다.

겐고가 작게 끄덕였다. 나는 철문을 밀어서 열었다.

왠지 그래야 할 것 같아 둘 다 몸을 낮추고 체육관에 침입했다.

겐고의 말대로 좁은 통로가 나왔다. 발밑으로 낡은 농구대가 보였다. 지저분한 유리로 햇빛이 들어오고는 있지만 하늘에 구름이 끼어 어둑했다. 철거를 기다리는 체육관 안은 음울한 분위기로 가득했다. 꽁꽁 닫혀 있어 후끈한데다 공기도 탁하고 먼지가 너무 많았다. 재채기가 나올 것 같아 얼른 코를

막았다.

부러질 듯 불안한 난간에서 멀찍이 떨어져서 1층을 내려다보았다. 사람 모습은 보이지 않았지만.

"조고로."

이름을 부르는 겐고를 손으로 제지했다.

들린다. 사람 목소리다. 날카로운 목소리. 아우성 같기도, 고함소리 같기도 한. 혹시 비명인가?

"들려?"

"그래. 여자 목소리인가?"

오사나이의 목소리……. 아니, 단정할 수는 없다. 거리가 멀어 누구 목소리인지 분간하기 어렵다.

"어떻게 할래?"

"여기까지 왔으니 오사나이가 맞는지 확인하고 신고하자. 내가 먼저 갈게. 겐고는 뒤쪽을 살펴봐."

목소리가 들리는 쪽을 향해 먼지가 수북한 통로를 걸어갔다. 살금살금, 하지만 종종걸음으로.

체육관 앞쪽, 현관 로비 바로 위쪽에 미닫이 철문으로 가려진 공간이 있었다. 문에 붙어 있는 플라스틱 명패에는 "시합장"이라고 적혀 있었다. 목소리는 거기에서 흘러나왔다. 가까이 다가가니 그 소리가 비명이 아니라 욕설이라는 것을 알 수 있었다.

"자꾸 뺑칠래? 엉? 너잖아? 불어, 야, 내 말이 우스워?"

난폭한 말에 학을 떼며 문에 찰싹 달라붙었다. 한쪽 무릎을 꿇은 내 머리 위로 겐고가 고개를 내밀었다. 둘이서 철문을 붙잡고 내가 오른쪽으로, 겐고는 왼쪽으로 살그머니 열었다.

넓은 공간의 절반에는 다다미가 깔려 있고 나머지 절반에는 마루가 깔려 있었다. 다다미 바닥은 유도 연습용이리라. 사람들은 그쪽에 모여 있었다. 하나, 둘, 셋, 넷, 다섯 명. 그리고 계속 욕설을 퍼부어대는 여자 앞에서 의자에 묶여 있는 사람은…… 오사나이!

하얀 셔츠에 남색 스커트, 흡사 후나도 고등학교 여름 교복 같은 복장이다. 파이프 의자에 앉아 하얀 비닐끈으로 묶여 있다. 고개를 숙이고 있어 얼굴은 거의 보이지 않았지만 바가지머리도 그렇고, 초등학생처럼 자그마한 몸집도 그렇고, 오사나이 유키가 틀림없다.

유괴 그룹은 다섯 명. 생각보다 많다. 보아하니 전부 여자다. 그리고 어리다. 나이가 많아봤자 대학생, 아마도 우리와 똑같은 고등학생일 것이다. 그 모습을 보고 나는 대번에 상황을 파악했다.

'역시…….'

이번 일은 평범한 유괴 사건이 아니다. 무엇보다 몸값 액수가 이상했다. 요즘 세상에 제법 산다 하는 가족의 외동딸을 유괴해놓고 몸값을 겨우 오백만 엔만 요구할 리 없다. 물론 적은 금액은 아니다. 나는 구경도 못 해본 거금이지만 유괴라는 중범죄로 얻으려는 금액치고는 소꿉장난 같은 액수다.

이 위험부담과 보상의 불균형을 해석하려면 범인의 지능 수준을 낮게 보는 수밖에 없다. 그것도 단순히 충동적이거나 단락적短絡的인 게 아니라, 평소에도 규범에서 벗어나 있어 자기 행동이 중범죄라는 사실을 깨닫지 못하는 패거리의 소행. 한마디로 세상 무서운 줄 모르는 불량배들이 저지른 짓이 아닐까 싶었다.

하지만 범인 그룹이 어떤 상대이든 유괴는 유괴. 오사나이가 위험하다는 사실에도 변함이 없다. 나는 겐고에게 눈짓을 하고 그 자리에서 물러났다. 통로를 되돌아가 일단 밖으로 나간 다음 망설이지 않고 휴대전화를 꺼냈다.

연락처는 '오사나이 유키 집 전화'. 신호음이 간다. 세 번, 다섯 번, 열 번……. 왜 이렇게 안 받지? 초조해지려는 찰나 전화기 너머로 긴장한 목소리가 응답했다.

"여보세요."

여자 목소리였다. 그런데 기분 탓일까? 아까 들었던 오사나이네 어머니 목소리하고 조금 다른 것 같았다. 경찰관이 대신 전화를 받았다고 생각하는 건 지나친 의심일까?

"여보세요. 오사나이네 집이죠? 아까 찾아뵈었던 고바토입니다. 오사나이를 찾았어요."

"뭐?"

"남부 체육관이에요. 지금은 아무도 안 쓰는 남부 체육관 2층. 범인은 고등학생쯤으로 보이는 여자 다섯 명이에요. 지금 거기에 경찰 있어요?"

"여보세요."

사람은 그대로였지만 목소리가 별안간 딱딱해졌다.

"넌 누구지? 지금 그 말이 사실이니?"

"저는 고바토. 고바토 조고로예요. 오사나이 유키의 친구입니다. 오사나이 어머님께 확인해보세요. 짐작 가는 구석이 있어 오사나이를 찾고 있었어요. 오사나이는 지금 의자에 묶여 범인 패거리에 에워싸여 있어요. 빨리 와주세요."

"남부 체육관이란 말이지?"

"네."

"알았어. 오 분 안에 갈게."

"고맙습니다."

뚜뚜.

나는 땅이 꺼져라 한숨을 내뱉었다.

"쪼, 쫄았다……."

지금 전화를 받은 사람은 맹세컨대 일반인이 아니다. 중학생 때 온갖 일에 오지랖을 떨었던 까닭에 경찰서에 전화한 적도 있었지만 수사관과 대화해보기는 당연히 처음이다. 대번에 주눅이 들었다. 만약 방금 전 그 사람이 수사관이 아니라 정말 오사나이네 어머니라면 그야말로 오사나이에 버금가는 변모다.

어쨌거나 이로써 사건은 끝난 것이나 다름없다. 마무리는 이제 시간문제. 나는 겐고에게 고개를 꾸벅 숙였다.

"신세를 졌어, 겐고. 이제 됐어. 정말이지, 이번에는 정말 버거운 문제였어."

겐고의 얼굴에는 웃음기가 없었다. 웃기는커녕 오히려 심각한 표정으로 불쑥 말했다.

"조고로. 고함을 질러대는 여자애 봤지?"

"응? 어, 봤어."

"걔는 이사와야. 틀림없어. 이사와 하세미야."

내가 기억을 더듬기 전에 겐고가 먼저 설명해주었다.

"가와마타 사나에는 기억해? 내가 도와주려다 잔소리만 들었던 상대. 이사와는 가와마타를 억지로 끌어들인 그룹의 리더야."

놀라지 않을 수 없었다. 여기서 그 이야기가 튀어나올 줄은 몰랐다.

"정말?"

겐고가 무겁게 끄덕거렸다. 나는 어째서 이사와 하세미가 오사나이를 유괴했는지 생각해보았다. 하지만 곧바로 그보다 더 심각한 문제를 깨달았다.

"그럼 가와마타 사나에도 저 안에? 네 여자친구의 언니잖아? 오 분이면 경찰이 와서 잡아갈 거야!"

"가와마타는 내 여자친구가 아니야. 그리고 그 점은 괜찮아. 저기엔 없는 것 같아. 그보다……."

겐고가 갑자기 몸을 틀어 철문 손잡이를 잡았다.

"걱정돼. 듣기론 이사와는 보통 위험한 애가 아니야. 아까 그 꼴을 보니 오사나이한테 무슨 짓을 할지 몰라. 돌아가자."

이의는 없다.

"알았어."

우리는 다시 체육관에 뛰어들어갔다.

방금 전과 달리 발소리가 나든 말든 거의 달리다시피 해서 시합장 문 앞으로 돌아갔다. 아까 활짝 열어두었던 문 틈새로 안쪽 상황이 보였다.

"……!"

돌아오길 잘했다!

욕설을 퍼붓던 여자, 이사와가 오른손 엄지손가락과 집게 손가락 사이에 담배를 쥐고 있었다. 오사나이 뒤에는 다른 여자애 둘이 버티고 있었는데 한 명은 오사나이를 붙잡고 있었고 또 한 명은 오사나이의 셔츠 오른쪽 소매를 걷어붙이고 있었다. 이사와가 즐거워죽겠다는 듯이 웃었다.

"나처럼 착한 애가 또 있을까! 얼굴은 안 건드리잖아. 어때, 이제 사과할래? 뭐, 여기까지 왔으니 끝장을 봐야지!"

이사와가 오사나이의 하얀 오른팔에 담뱃불을 가져갔다. 저건 위협이 아니다, 진심이다!

"가자, 조고로!"

겐고가 외쳤다. 끝까지 들을 필요도 없다. 문을 붙잡고…….

"야!"

오사나이가 크게 외쳤다. 푹 숙이고 있던 고개를 홱 쳐들어 이사와를 잡아먹을 듯이 노려보았다. 입이 웃고 있다.

저건……. 어딘가 잔혹해 보이는 저 미소는.

중학교 때 몇 번 보았다. 하지만 고등학교에 들어온 뒤로는 타르트 사건 때 딱 한 번밖에 보지 못했다. 비웃는 것도,

오만한 것도 아닌, 어두운 기쁨이 느껴지는 엷은 미소.

비록 묶여 있기는 하지만 지금 오사나이는 소시민이 아니었다……. '늑대' 오사나이 유키.

이사와는 별안간 큰 소리를 낸 희생자에 얼이 빠져 손을 멈췄다. 나와 겐고의 손도 덩달아 멈췄다. 오사나이가 청산유수로 말했다.

"이사와. 따귀 다섯 번, 주먹질은 어깨에 한 번, 팔에 한 번, 명치에 두 번, 명치는 진짜 아팠어. 정강이를 걷어찬 게 두 번. 정강이를 걷어차려다가 무릎을 차서 주저앉을 뻔한 게 한 번. 아프다고 했는데도 머리끄덩이를 잡아끈 게 한 번. 그리고 뒤에 너, 호조. 내가 못 달아날 걸 알면서도 묶어두자고 했지? 너무 세게 묶어서 지금 손가락 감각이 없어.

하지만 그건 괜찮아. 아프긴 했지만, 괜찮아. 입안이 좀 찢어졌지만, 그래도 괜찮아. 난 신경 안 쓰니까, 너희도 신경쓰지 마.

그런데 그런 걸 내밀면 못쓰지, 화상을 입잖아? 흉터가 남으면 어떻게 될지, 너희 알아?"

"엉? 뭔 소리야, 너 미쳤냐?"

역시나 이사와는 꿈쩍도 하지 않았지만 그래도 어이없다는 듯이 한마디하고는 손에 든 담배를 입으로 가져가 한 모금 빨았다.

오사나이는 마치 날씨 얘기라도 하듯 태연히 말했다.

"그렇게 되면 난 흉터를 볼 때마다 이사와 너를 떠올리게 될 거야."

앞에 선 세 사람을 한 명 한 명 쳐다보면서, 뒤에 선 두 사람에게는 뒤를 힐끗 쳐다보면서 말했다.

"그리고 호조. 우에노. 소다. 하야시……. 절대 못 잊을 거야."

이름을 부르자 두어 명이 눈에 띄게 동요했다. 별 각오도 없이 사람을 납치한 녀석이 섞여 있었던 모양이다.

이사와는 오사나이에게 연기를 내뿜었다.

"못 잊으시겠다? 하? 그래서?"

오사나이는 '그래서' 뒤에 이어질 말을 결코 하지 않을 것이다. 하지만 나는 알고 있다. 이사와라고 했지? 오사나이의 몸에 화상 흉터를 남기면 오사나이는 분명 평생 너를 기억할 거야.

그렇게 되면 네가 무슨 일을 당할지 아무도 몰라.

"내가 우스워? 네가 기억하면 뭐? 좋아, 더 기억하기 쉽게 해줄게. 목이 좋냐?"

이사와가 담배를 들어올려 천천히 불을 들이댔다. 오사나이도 불 앞에서는 몸을 움츠렸다. 뒤에 선 여자 둘이 그리 세게 붙잡고 있지는 않은지 오사나이가 상체를 좌우로 흔들자 파이프 의자가 흔들렸다.

“가만히 있어! 눈 찌른다! 난 그래도 상관없어!”

상관있다!

“작작 좀 해, 멍청아!”

두 손으로 철문을 벌컥 열고 버럭 호통을 쳤다.

겐고가.

아차, 선수를 놓쳤다. 나는 리놀륨 바닥에 한쪽 무릎을 꿇고 지금 막 문을 연 겐고를 밑에서 올려다보았다. 시선을 앞으로 돌리자 오사나이와 눈이 마주쳤다.

“…….”

반사적으로 한 손을 들어 인사했다.

뜻밖의 불청객에 유괴범들이 얼어붙었다. 어쩔 수 없이 나도 한마디 거들었다.

“더이상 죄를 짓지 마.”

아이고, 이게 아닌데. 등장 첫마디가 이 모양이라니, 별로다 못해 끔찍한 수준이다. 너무 평범하다. 흔치 않은 기회니 ‘아직 늦지 않았으니 원대 복귀하라’ 정도는 말해볼걸 그랬다.

"너희는 뭐야?"

아무리 그래도 오사나이하고 좀 아는 사이라고 대답하면 안 되겠지. 그렇게 대답하면 오사나이를 인질로 잡을 테니, 이렇게 대답했다.

"지나가는 나그네."

어차피 이렇게 된 바에야, 겐고가 엉뚱한 소리를 못하도록 집게손가락을 세워 머리 위를 가리켰다.

"얘도."

이사와와 나머지 네 명이 우리 쪽을 쳐다보았다.

"우리끼리 대화중이니 상관없는 녀석은 끼어들지 말고 꺼져."

"대화라고?"

겐고가 무서운 목소리로 다그쳤다. 고등학생 도지마 겐고가 이런 목소리를 내는 건 처음 들었다.

겐고가 오른손으로 왼손을 철썩 치며 말했다.

"웃기지도 않군."

나도 웃을 수 없었다. 겐고, 상대는 다섯이고 우리는 둘이야…….

오사나이 유키의 친구 고바토 조고로의 신고를 받고 가까운

자이모쿠 정 파출소에서 경찰 두 명이 남부 체육관으로 급히 출동했다. 경찰은 폐쇄된 체육관에 들어가느라 애를 먹었지만 신고 십일 분 만에 현장에 도착했다.

현장에서는 신고인 고바토와 그의 친구 도지마 겐고가 범행 그룹과 몸싸움을 벌이고 있었다. 손에 나이프를 들고 있었던 이사와 하세미는 그 자리에서 체포되었다. 도지마가 이사와의 나이프에 왼쪽 손가락을 베여 병원으로 이송되어 전치 삼 일 진단을 받았다. 그 밖에 얼굴 등을 맞은 사람도 있었지만 모두 경상이었다. 피해자 오사나이 유키는 무사히 보호되었다.

납치를 감행한 세 명, 감금에 가담한 두 명, 총 다섯 명 체포. 이사와 하세미에게는 약물 남용 전과가 있어 그 방면으로도 조사가 들어갔다.

경찰은 가장 먼저 오사나이가 감금된 장소를 알아낸 신고인 고바토를 의심했지만 피해자 오사나이가 적극적으로 고바토를 두둔한 점과 오사나이의 주장대로 고바토의 휴대전화에 문자가 남아 있었던 점으로 의심도 풀렸다.

오사나이는 그 자리에서 몇 가지 질문을 받았지만 본격적인 조사는 그녀가 받았을 충격을 고려해 이튿날 이후로 미루어졌다. 오사나이는 혼자서도 집에 갈 수 있다고 고집을 부렸지만 경찰은 집까지 바래다줄 의무가 있다며 들은 체도 하지 않았다.

사건은 해결되었다.

6

바람이 분다.

걷힐 줄 몰랐던 구름도 겨우 물러가기 시작했다. 서쪽으로 맑은 하늘이 보였다.

겐고는 병원으로 끌려갔다. 누가 봐도 찰과상이었지만 경찰이 보는 앞에서 베였으니 사건으로 다루려면 진단서가 필요할 것이다. 어쨌거나 내가 불러내서 다쳤으니 나중에 제대로 사과해야겠다.

오사나이는 경찰차를 타고 집에 가게 되었다. 가족과의 재회가 우선이라는 뜻이다. 물론 그후에는 이것저것 질문을 받겠지만 아까 주워들은 이야기로는 본인의 정신적 충격을 고려해 본격적인 수사는 내일부터 시작한다고 한다.

오사나이는 휴대전화를 한 손에 들고 가족과 통화하고 있었다.

"응. 괜찮아. 안 다쳤어……. 경찰도 친절했어. 내일 이야기를 좀 듣고 싶대……. 미안, 천천히 돌아갈게."

왜 말을 더듬거리지?

전화를 끊은 오사나이는 나를 돌아보더니 애처로운 표정으로 물었다.

"고바토, 안 아파? 괜찮아?"

경찰이 오기 전, 나 역시 구석에서 싸움을 구경만 하고 있을 수는 없었다. 겐고와 이사와의 싸움에 다른 네 명이 끼어들지 못하도록 허우적거리다가 누군가의 팔꿈치에 왼쪽 눈 밑을 맞았다. 그 순간에는 어찔했지만 광대뼈 언저리라 큰 피해는 없었다. 아직 조금 아프지만.

"괜찮아, 하나도 안 아파."

이 정도는 뭐, 누구나 부리는 허세다.

"오사나이야말로 괜찮아? 꽤 시달린 것 같던데."

따귀가…… 몇 번이었더라. 머리끄덩이를 잡아당긴 게 한 번이었다는 건 기억한다. 오사나이는 부끄럽다는 듯이 시선을 피했다.

"역시 들었구나……?"

"응."

"실은 여기저기 아파. 개가 인정사정없이 배를 때렸거든."

오사나이가 입술을 비죽거렸다.

그 말이 우스워서 웃었다. 유괴당하고 얻어맞았으니 분명 음험하게 원망할 줄 알았는데, 뒤끝은 없는 것 같았다.

어째서 이번에는 이렇게 관대할까? 물론 겉보기에만 그렇고 본심은 또 다를지도 모르지만, 오사나이는 당장이라도 콧노래를 흥얼거릴 기세였다.

나는 그 관대함의 이유를 설명할 수 있을 것 같았다. 아직 깊이 생각해보지는 않았지만 계속 마음에 걸렸던 점이 있다. 아니, 오사나이는 단지 해방을 기뻐하는 것이다. 그뿐이다. 단순한 이유다.

경찰이 오사나이를 기다리고 있다. 살짝 고개를 돌려 경찰을 확인한 오사나이는 생긋 웃었다.

"고바토. 와줘서 고마워. 고바토라면 분명 와줄 줄 알았어. 그래서 그쪽 문을 계속 지켜보고 있었어. 그랬더니 문이 살짝 열리는 거야. 아아, 와줬구나 싶었어."

"내가 온 줄 알고 그렇게 무모하게 으름장을 놓았던 거구나?"

"다짜고짜 뛰어들 줄은 몰랐지만……. 시간을 끌 셈이었거든."

뭐, 그런 것 같기는 했다. 의자에 묶여 고개를 숙이고 있던 오사나이의 시선은 앞머리에 가려 보이지 않았지만, 머리카락 밑으로 내 쪽을 보는 느낌이 들었다. 아무리 화가 나도 오사나이가 무의미하게 도발할 리는 없다.

오사나이가 남색 치마에 묻은 먼지를 털고 두어 걸음 뒤로 물러나더니 뜬금없는 행동에 당황하는 내게 깊이 고개를 숙였다.

"고마워."

뺨을 긁적거렸다.

"아아……. 어, 천만에."

오사나이는 고개를 들더니 배를 끌어안고 고통스럽게 얼굴을 찌푸렸다.

"으윽."

"왜, 왜 그래? 맞은 자리가 아파?"

"그것도 그런데……."

오사나이가 배를 쓸었다.

"배고파."

하하. 뭐, 점심도 못 먹었을 테니. 때는 3시 반. 점심을 먹기에는 늦고 저녁을 먹기에는 이른 시간이다. 오사나이는 이제 곧 집으로 돌아갈 테지만.

옳거니. 내 생각에 이건 약간의 센스 있는 제안으로 해결할 수 있다. 나는 웃으며 말했다.

"오늘은 고생 많았어. 오사나이가 좋아하는 걸 사서 집에 가져다줄게."

"어?"

오사나이가 손을 내저었다.

"괘, 괜찮아. 오히려 내가 고바토한테 사례를 해야지."

사양하는 얼굴이 배시시 웃고 있다. 이럴 때 오사나이는 정말 속이 훤히 보인다……. 항상 이러면 좋을 텐데. 아니, 그럼 재미없으려나.

"신경쓰지 마. 그건 그거고 이건 이거."

"그래? 그럼……."

"다음에 먹을 '오사나이 여름 스위트 셀렉션'을 사 갈게. 다음 게 뭐였더라?"

오사나이가 환하게 얼굴을 빛내며 모든 정열을 바쳐 내게 달려들 기세로 외쳤다.

"'팅커 링커' 복숭아 파이! 백도로 만들어서 정말정말 맛있어!"

그렇게 말한 오사나이의 미소가 그대로 얼어붙었다.

무더운 여름날, 나는 지금 이 순간 우리 사이에 내려앉은 싸늘한 공기를 확실하게 느꼈다.

The Special Tropical Parfait Case

종장

스위트 메모리

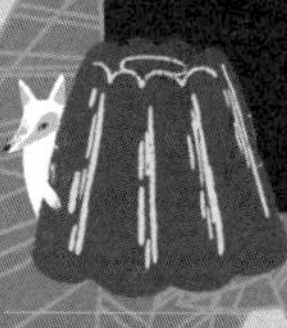

1

'오사나이 여름 스위트 셀렉션' 1위, '세실리아' 여름철 한정 트로피컬 파르페.

유괴 사건으로부터 이틀이 지났다.

세실리아는 조금 낡아 보이는 빌딩 2층에 있어서 좁은 입구를 지나 비좁은 계단을 올라가야만 했다. 이런 곳에 과연 맛있는 가게가 있을지 불안했지만, 오사나이가 간택한 가게이니 그 점은 믿어도 될 것이다. 유리문을 밀자 청량한 종소리와 함께 청량한 공기가 흘러나왔다. 이 시원한 순간은 몇 번을 맛보아도 기쁘다.

내부 인테리어는 곡선을 많이 이용해 테이블이 표주박 모양이었다. 메뉴를 보니 파르페만 해도 몇 종류나 되었는데 일단 '세실리아 특제 이그드라실 파르페'라는 엄청난 이름에 할말을 잃었고, 이어서 여름철 한정 트로피컬 파르페의 가격에 넋을 잃었다. 내가 지금까지 내 돈으로 사 먹은 어떤 음식보다도 비쌌다.

사건 해결도 축하할 겸 여기는 내가 쏘겠다고 이미 말을 해버렸다. 큰일났다, 지금 주머니에 얼마나 있지? 하나만 시켜서 나눠 먹으면 안 될까? 아니, 아무리 그래도 오사나이와 파르페를 나눠 먹는 건 없는…… 아니, 낭만적인 행동을 할 자신은 없다. 그렇다고 혼자만 커피를 시키자니 주머니 사정을 고스란히 드러내는 꼴이라 서글픈데 이를 어쩐다…….

고민이 얼굴에 드러났는지, 오사나이가 말했다.

"고바토 몫은 내가 낼게. 구해준 답례야."

죄송합니다.

파르페가 올 때까지 오사나이는 휴대전화를 만지작거렸다. 나는 창밖의 경치를 바라보았다. 세실리아는 역 근처에 있는 가게로, 남부 체육관에서 그리 멀지 않았다. 역에서 뻗어 있는 산야도리에서 열렸던 축제의 흔적은 이미 깨끗하게 사라졌다.

"오래 기다리셨습니다. 여름철 한정 트로피컬 파르페 나왔습니다."

명랑한 목소리와 함께 테이블에 나온 파르페를 보고 또 한 번 간 떨어질 뻔했다. 높이가 삼십 센티미터는 되는 것 같다. 뒤집힌 원뿔 모양의 파르페 글라스에 색색의 과일, 그 사이를 채운 생크림과 요구르트, 젤리, 콘플레이크. 하얀 생크림과 요구르트, 붉은 젤리, 색색 과일이 이루는 도합 다섯 개의 층과 그 사이로 보이는 콘플레이크. 그 줄무늬가 무척 아름다웠다. 글라스 위로 소복이 올라온 원뿔 모양의 크림, 글라스 가장자리에는 망고, 파인애플, 멜론, 복숭아, 바나나, 수박까지 꽂혀 있다. 크림 산의 정상에는 크랜베리와 블루베리가 하나씩 얹혀 있었다. 저 산속에 동그란 아이스크림이 숨어 있겠지. 오사나이는 전혀 움츠러들지 않고 흥겹게 긴 스푼을 손에 쥐더니 재빨리 꼭대기의 크림을 한입 먹었다.

"굉장하지? 이 파르페를 시키려면 상당한 각오가 필요해. 배를 비워 욕구를 잔뜩 돋운 다음 눈 딱 감고 부탁하는 거야. 안 그러면 남기게 되거든. 지난번에 힘든 하루를 겪었으니 내게 주는 선물로 딱 안성맞춤이야."

나는 점심도 먹었고 달콤한 디저트에 대한 욕망도 오사나이에 비견할 바가 못 된다. 다 먹어치울 자신이 없다……. 패배가 확실한 전투에 나가야만 하는 전사처럼 비장한 마음으로 스푼을 들었다. 아아, 이 스푼, 정말 길다. 저 깊은 글라스 바닥까지 닿도록 길게 만든 거겠지.

"수박은 생크림하고 안 어울리니까 먼저 먹어야 해."

그렇게 말하며 수박을 골라낸 오사나이는 씨도 아랑곳없이 꿀꺽 삼켜버렸다.

거침없이 움직이기 시작한 오사나이의 스푼과, 험준한 산에 처음부터 무작정 달려들 수 없어 천천히 움직이는 내 스푼.

'오사나이 여름 스위트 셀렉션'에서 영예의 1위를 차지한 여름철 한정 트로피컬 파르페는 물론 맛있지만, 이해가 잘 안 가는 점이 있다. 이 파르페와 과일의 맛의 차이는 과연 무엇일까? 생크림도, 아이스크림도 맛있기는 하지만 눈이 휘둥그레질 정도는 아니다. 맛있는 과일만 있으면 집에서도 만들 수 있지 않을까?

하지만 그런 소릴 입 밖에 냈다가는 한 시간은 디저트 수업을 들어야 할 것 같아 잠자코 산을 허무는 작업에 몰두했다.

오사나이는 벌써 파르페 글라스 위쪽으로 튀어나온 부분을 다 먹어치우고 이제야 아이스크림에 달려드는 나를 슬쩍 올려다보며 졸랐다.

"고바토, 조용하니까 심심해. 아무 얘기나 좀 해봐."

아무 얘기라.

좋아, 얘기할게. 스푼 가득 뜬 아이스크림을 단숨에 삼켰다. 갑자기 차가운 게 들어와 목이 찡했지만 무시하고 입을 열었다.

“그럼 고등학교 2학년으로서 맞이한 이번 여름방학이 얼마나 유익했는지에 대해 잠시.

내 친구 도지마 겐고는 이번 여름방학 때 괜한 오지랖을 떨었어. 가와마타 사나에라는 고등학교 2학년 여학생이 나쁜 친구들 꾐에 빠졌다는 거야. 겐고는 사나에의 여동생 가스미에게 홀려서 사나에를 그룹에서 빼내려고 애썼어.

그 그룹 리더가 어찌나 포악한지, 사나에는 현대 특유의 ‘절망적인 고독에 시달린 끝에 찾아낸 한줄기 빛, 비록 반사회적일지언정 친구만이 진실한 존재’라는 연대감이 아니라 공포에 얽매여 있었어. 겐고는 그 문제에 대해서는 아무 힘도 없었어. 그 녀석도 참 사서 고생하는 타입이야, 진짜. 나중에 남을 돌보는 직업을 갖게 되면 분명 문어발을 걸치다가 좌절할 거야. 물론 그 성격 덕분에 나도 도움을 받았으니 나쁘게 말하면 벌받겠지만.

그 리더의 이름은 이사와 하세미라고 해.

오사나이를 유괴한 그룹의 리더도 이사와 하세미. 좀 놀랍지? 겐고가 관여했던 골칫거리 하나의 당사자가 오사나이를 유괴했다니. 놀라운 우연이야."

"그러네. 이 값으로 이만한 품질의 멜론을 먹을 수 있다니, 정말 놀라워."

오사나이는 스푼을 내려놓고 껍질이 붙어 있는 멜론 한 조각을 날름 먹었다. 껍질까지 먹어치울 기세다. 아이스크림이 녹으면 먹기 불편해서 완전 정복이 더욱 멀어지므로 나도 스푼을 고쳐 쥐고 아이스크림을 떴다.

"이 아이스크림은 평범한 바닐라 아이스크림이지? 아이스크림만 두고 보면 저번에 먹은 벚꽃 암자 게 맛있었는데.

우연이지만 어째서 그런 우연이 일어났는지 생각해볼 수는 있어. 굳이 말할 필요도 없지만 정말 완벽한 우연은 그렇게 많지 않아. 완벽한 필연이 그리 많지 않은 것처럼. 문제는 개연성이야. 겐고와 가와마타 사나에, 이사와 하세미, 오사나이 사이에 그런 일이 벌어질 만한 공통점이 내포되어 있었던 게 아닐까?

먼저 겐고와 오사나이. 이쪽은 둘 다 내 친구야.

가와마타 사나에와 이사와 하세미. 이쪽은 중학교 때 나쁜 짓을 하며 어울려 다녔던 사이지.

가와마타 사나에와 겐고는, 가와마타 가스미를 통해 얽혀 있어.

그리고 이사와 하세미와 오사나이. 가와마타 사나에도 포함해서, 이쪽은 다카바 중학교 졸업생이라는 공통점이 있어. 뭐, 나도 그렇지만.

이 동네에 중학교가 수없이 많은 것도 아니니 당사자 중 세 명이 같은 중학교 졸업생이라고 딱히 놀랄 일은 아니지.

다만 또 하나의 우연이 더해지니까 놀랍다는 말만으로 넘어갈 수가 없더라. 성격상."

"소시민으로서?"

나는 쓴웃음을 지으며 고개를 저었다.

"아니. 애초에 유괴다 싸움이다, 이번 일은 도저히 소시민 수준에서 대응할 수 있는 문제가 아니었어."

"그럼 그냥 모른 체했으면 됐잖아?"

"그게 우리 사이의 약속이니까. 나는 영악한 잔머리로 남들이 숨기고 있는 비밀을 파헤치지 않고, 오사나이는 복수를 꾀하며 즐기지 않기로 했지.

하지만 미안해, 이야기가 아직 안 끝났어. 끝까지 말할게. 그리고 턱에 크림 묻었어.

조금 의아한 점이 있었어. 베리베리에 프로즌 수박 요구르트를 먹으러 갔던 날. 오사나이가 사줬지. 나는 그날 겐고가 남긴 이상한 메모를 어떻게 읽어야 할지 고민하면서 나름대로 즐거운 한때를 보냈어.

그런데 그날, 어째서 겐고가 그곳에 있었을까? 역 앞 햄버거 가게 말이야.

그 답은 겐고가 확실하게 말해줬어. 약 하는 애들을 감시하고 있다고. 말 안 해도 알겠지? 이사와 하세미 패거리를 말하는 거야.

그럼 나는 어째서 거기에 있었을까? 오사나이가 베리베리로 오라고 해서 역 근처에 있었어. 출출해서 햄버거 가게에 들어갔지. 시간이 어중간해 달리 마땅한 가게가 없었거든. 잠시 후면 프로즌 수박 요구르트를 먹는데 배를 잔뜩 채울 수는 없잖아.

거기에는 오사나이도 있었지? 록 가수 같은 차림에 모자까지 써서, 누구도 넌 줄 못 알아보도록 변장하고. 오사나이는 어째서 그 가게에 있었던 걸까?

그날 일은 똑똑히 기억해. 오사나이도 알다시피 나는 기억력 하나는 자신 있거든.

나는 겐고가 남긴 메모에 빠져서 줄곧 아래만 보고 있었어. 그리고 오사나이는 내 옆에서 묘하게 아득한 시선으로 밖을 보고 있었지. 그때는 암호 같은 메모에 푹 빠져 있는 나를 보고 기가 막혀서 그런 건 줄 알았는데, 생각해보니 그 가게 카운터 자리에서 멀리 내다보면 역 앞 로터리가 보이더라. 이사와 하세미 패거리가 있어서 겐고가 주목하고 있던 로터리가.

어째서 그날, 햄버거 가게에 있었던 거야?"

어째서 콘플레이크를 하나씩 먹는 거야?

오사나이는 유난히 큰 콘플레이크 하나를 스푼으로 떠서 신중하게 균형을 유지하며 입으로 가져갔다. 아…… 떨어졌다. 오사나이는 손으로 주워 입에 쏙 던져 넣고 나를 힐끗 쳐다보았다.

"이사와하고는 아는 사이야. 고바토 말대로 같은 다카바 중학교 졸업생인걸. 걔는 나쁜 애야. 그건 알고 있었어."

다시 스푼을 들어 파르페 글라스에 깊숙이 찔러 넣었다.

"계속해."

"질문에 대답하지 않았어, 오사나이."

"괜찮아, 신경 안 써."

질문한 건 나인데……. 뭐, 됐다. 나도 스푼으로 겨우 아이스크림을 처리했다. 글라스 가장자리에 꽂혀 있는 과일을 다 먹기 전에는 아래쪽을 먹기 힘들다. 일단 수박에 손을 뻗었다. 씨는 다 뺐다.

"그럼 이제 그저께 이야기를 해볼까?

오사나이, 오늘 옷차림은 남쪽 나라 스타일이네. 트로피컬 파르페에 맞춘 거야?"

화려한 꽃에 나비가 나풀거리는 그림이 그려진 셔츠에 나뭇결무늬 미디엄 스커트. 지금은 벗고 있지만 니트 모자도 쓰고 있었다. 여름인데.

오사나이가 환하게 웃었다.

"어울려?"

"상당히."

"기뻐."

기뻐해주니 다행이지만.

"하지만 지난번 유괴당한 날에 입은 옷이 더 잘 어울려.

잘 어울린다기보다 눈에 익었어. 그 옷은 꼭 후나도 고등학교 하복 같았어."

"……."

입안이 너무 달아 물을 마셨다.

"오사나이는 휴일에 동네를 돌아다닐 때는 대체로 자기한테 어울리지 않는 옷을 입잖아. 아니, 어울리지 않는다는 표현은 이상한가. 동네에서 마주쳐도 학교 안에서의 모습밖에 모르는 경우에는 곧바로 오사나이인 줄 알아보기 힘든 옷을 입을 때가 많아. 특징은 모자야. 모자를 깊이 눌러쓰고 있을 때가 많지.

그런데 그날은 모자를 안 쓰고 있었어. 옷도 교복 같았고. 다시 말해 학교에서 보는 오사나이 모습에 가깝다는 뜻이지.

만약 학교에서 보는 모습밖에 모르는 사람이 오사나이를 찾으려 해도 전에 봤던 록 가수 같은 옷차림이면 놓칠지도 몰라. 오늘 입은 남쪽 나라 스타일도 못 알아볼지 몰라. 하지만 모자도 안 쓰고 하얀 셔츠에 남색 치마를 입은 오사나이라면 분간하기 쉬울 거야."

오사나이는 스푼을 세웠다.

"그런 날에 납치당하다니 정말 운이 없었어. 모자는 쓸 때도 있고, 안 쓸 때도 있어. 그런 일이 있으니 변장술은 중요하거든."

"그러네, 운이 없었어."

나도 내일부터 유괴에 대비해 변장술을 배우는 게 나을까?

파인애플을 깨물었다. 혀를 찌르는 이 느낌은 별로다. 정말 달고 맛있는 파인애플이지만 식감만큼은 어쩔 수가 없다.

"유괴당한 오사나이는 내게 문자를 보냈어. 감동적이야, 도움을 청하는 문자를 다른 사람도 아닌 내게 보냈다니. 그 문자가 언뜻 보고는 금방 알 수 없는 수수께끼였던 건 범인 그룹이 오사나이가 보낸 문자를 봐도 SOS인 줄 모르게 하려고 그랬던 거겠지. 도움을 청한 걸 들키면 어떤 일을 당할지 모르고, 아무리 둔한 범인이라도 장소를 옮기려고 할 테니까.

그렇게 생각했는데……."

나는 오사나이를 뚫어져라 쳐다보았다. 오사나이는 파르페 글라스 중간층의 망고를 음미하느라 심취해 있다. 무심코 내 말 좀 들어, 하고 다그칠 뻔했다.

"어, 그렇게 생각했는데 말이야.

남부 체육관에서 차를 발견했을 때 조금 의아했어. 범인들은 오사나이를 차에 태워 끌고 온 모양이다, 조수석에 지저분하게 쓰레기가 흩어져 있으니 뒷좌석에 태웠구나 생각했어. 그런데 유괴한 사냥감을 혼자 뒷좌석에 태우다니 이상해. 혼자 태운다면 묶어놓지 않는 이상 마음을 놓을 수가 없잖아. 묶여 있었다면 문자는 보낼 수 없어. 혼자가 아니라면, 그러니까 누가 옆에 타고 있어도 역시 문자는 보낼 수 없어. 그리고 체육관에 도착하고 나서 오사나이는 정말 묶여 있었지.

약간 조작하는 정도라면 들키지 않고 할 수 있었을지도 몰라. 하지만 오사나이가 보낸 문자는 이런 내용이었어."

나는 휴대전화를 만졌다.

미안해. 사과 사탕 네 개랑 카눌레 하나만 좀 사다 줘. 미안해.

화면을 오사나이에게 보여주었지만 오사나이는 힐끗 쳐다보고 바로 시선을 떨어뜨렸다.

"오사나이는 내게 '사과 사탕 네 개, 카눌레 하나'라고만 보냈어도 됐어. 그런데 문장 앞뒤에 세 글자씩 군더더기가 붙어 있어. 오타 하나 없고, 마침표까지 꼼꼼하게 찍어서 말이야. 아무리 봐도 유괴당해서 끌려가는 중에 범인의 눈을 피해 찍은 문자 같지 않단 말이야."

"난 문자 보내는 속도가 정말 빨라. 그리고 이사와 패거리는 정말 멍청했어. 이러면 어때?"

나는 고개를 저었다.

"아무래도 못 믿겠어."

"역시?"

오사나이가 고개를 갸웃거렸다. 분명 오사나이는 내가 무엇을 어디까지 눈치챘는지 알고 있다. 알면서 내 입으로 들으려는 것이다. 왜 그러는지 나는 모른다.

마저 이야기할 뿐이다.

"애당초 말이 안 돼.

오사나이는 어째서 밖에 있었을까? 내가 올 줄 알면서, 함께 사과 사탕을 먹으러 가기로 약속했는데. 점심 전에 외출했다면서? 몸값을 요구하는 전화가 걸려온 게 1시 반 넘어서였어. 그사이 한 시간 반 가까이 어디서 뭘 하고 있었을까?

물론 이것만 따로 보면 '급하게 물건을 사러 갔는데 일이 좀 늦어지나 보다'라고만 생각하겠지. 하지만 그 시간대에 유괴당한 걸 고려하면 다소 의미심장해. 그리고 말이 나온 김에 말인데, 애당초 어째서 오사나이는 나를 집으로 불렀을까? 산야도리에서 직접 만난 적도 있잖아? 어째서 나는 오사나이네 집에 불려가 오사나이네 어머님과 미묘하고도 거북한 시간을 보낸 끝에…… 간접적이라고는 하지만 몸값을 요구하는 전화를 들어야 했을까?

오사나이……. 12시 전부터 1시 반까지, 어디서 뭘 하고 있었어?"

"여자아이한테는……."

오사나이의 파르페 글라스는 이미 바닥을 보여 크림과 과일 소스만 약간 남아 있었다. 오사나이가 스푼을 놀려 바닥을 긁어내면서 중얼거렸다.

"비밀이 있는 법이야."

"나는 그 비밀을 폭로하려는 거야. 뭐, 별로 고상한 취미는 아니지만."

말하고 나서 깨달았는데 오사나이는 여름철 한정 트로피컬 파르페를 바닥냈다. 아무리 말을 하고 있었다지만 내가 아직

3분의 1도 먹기 전에. 말도 안 돼……. 속임수를 꿰뚫어 보는 건 내 특기인데, 이 속도와 식욕에는 대체 어떤 트릭이 숨어 있는 걸까?

한 손에 스푼을 들고 텅 빈 파르페 글라스를 뚫어져라 바라보는 오사나이. 군침을 흘리며 아직 반 이상 남아 있는 내 트로피컬 파르페를 힐끔거렸다.

"먹을래?"

"그건 좀……."

배가 부른 건지 체면 때문인지, 오사나이는 서글픈 표정으로 스푼을 파르페 글라스에 꽂더니 턱을 괴고 미소를 지었다.

"고바토, 얘기는 아직 안 끝났어?"

"원한다면 끝낼까?"

"거짓말. 끝낼 마음도 없으면서."

오사나이는 한 손을 들어 웨이트리스를 불러 홍차를 주문했다. 뒤처진 속도를 만회하려고 나는 키위와 파파야를 연달아 먹어치우고 크림의 바다에 스푼을 찔러 넣었다. 스푼 끝에 콘플레이크의 감촉이 느껴졌다.

이윽고 홍차가 나오자 오사나이는 몇 번이나 후후 불다가 살짝 입에 머금더니, 얼굴을 찌푸리며 잔을 내려놓았다. 오사나이는 뜨거운 것을 잘 못 먹는다.

이야기는 아직 끝나지 않았다.

"네 행동은 이런 식으로 군데군데 이해가 가지 않아. 얽혀 있는 사람들의 관계도 아무래도 순수하게 받아들이지 못하겠어. 사방에 작은 위화감들이 있어…….

하지만 그런 것보다도 훨씬 이상한 점이 있어. 이번 여름방학……. 첫날부터 계속 이상하다고 생각했어."

"이상한 거야, 불만스러운 거야?"

"어느 쪽일까? 오사나이…… 분명 넌 알고 있겠지. 내가 대체 무엇을 이상하게 여기는지."

오사나이는 잔에 시선을 떨어뜨린 채로 작게 중얼거렸다.

"고바토는 나를 안 믿는구나……. 아니, 믿는 걸까?"

"믿고 있어, 아마도."

"내가 고바토를 디저트 순례에 데리고 다니는 이유. 고바토가 이해할 수 없다는 건 그거지?"

나는 천천히 끄덕였다.

여름방학, 나와 오사나이는 연락을 취할 필요가 전혀 없다. 우리는 상부상조하는 사이지만 의존하는 관계는 아니니까. 만나고 싶다는 이유로 만날 필요가 없기 때문이다. 오사나이가 달콤한 디저트를 먹으러 다니고 싶다면 그러면 그만이지, 나를 불러낼 필요는 없다. 나는 그런 면에서 오사나이를 믿고 있었다.

"오사나이가 즐겁다는 이유만으로 나를 불러낼 리 없어."

"……."

오사나이는 살짝 고개를 숙인 채 티스푼으로 홍차를 천천히 젓고 있다. 내 파르페는 그만 제때를 놓쳤다.

"내 자전거 짐바구니에는 아직 지도가 있어. '오사나이 여름 스위트 셀렉션'이. 내 생각에 오사나이는 말실수를 했어. 기억해? 그 지도를 건넬 때 오사나이는 이렇게 말했어. '나의 올여름 운명을 좌우할' 거라고.

그리고 실제로 그렇게 됐어. 그 지도를 바탕으로 나는 오사나이가 보낸 문자를 해독했고, 오사나이를 구해낼 수 있었어.

이건 우연일까? 설마, 아니야. 오사나이는 여름방학이 시작될 때 이미 '오사나이 여름 스위트 셀렉션'이 정말로 네 운명을 좌우하리라는 걸 알고 있었던 거야."

오사나이와 이사와 하세미 사이에 뭔가가 있었다. 그저께에 한해 오사나이 유키인 줄 알아보기 쉬운 옷을 입고, 나를 불러냈으면서 혼자 외출했다. 그 결과 이사와 하세미에게 유괴당했지만 상식적으로는 보낼 수 없는 SOS 문자를 보냈다. 그 문자는 여름방학이 시작될 때 내가 받은 지도를 단서로 풀 수 있는 수수께끼였다.

이러한 정보를 종합해보면 설마 싶은 가능성이 떠오른다.

나는 별로 믿고 싶지 않았다. 불쌍한 오사나이가 사나운 이사와 하세미에게 유괴당했다고만 생각하고 싶었다.

오사나이는 가만히 홍차를 바라보고 있었다. 식기를 기다리는 건지, 아니면 손이 움직이지 않는 건지. 이윽고 메마른 목소리로 말했다.

"내 머릿속에는 지도가 이미 들어 있었고, 몰래 도움을 청할 문자를 보내려니 그게 가장 먼저 떠올랐어. 그것뿐이야."

그런 말로 회피할 수 없는 줄 알면서.

하지만 나도 그렇게 믿고 싶었다. 모든 것은 우연, 오사나이가 운이 없었을 뿐이라고. 실제로 불행한 사건에 휘말린 사람들 이야기를 종종 듣는다. 내가 그런 일에 직접 관여한 적도 있지만, 그런 경우는 대개 어딘가 믿기 어려운 불운이 얽혀 있었다.

그래서 물었던 건데.

"정말 그랬다면 나는 그날 다른 디저트를 사 갔을 거야."

"……."

"내가 물었지? 다음에 먹을 '오사나이 여름 스위트 셀렉션'을 사 가겠다고, 다음 게 뭐였더라, 하고. 오사나이가 다음 건 팅커 링커 복숭아 파이라고 해서 나는 그걸 사 갔어. 하지만 오사나이, 아니잖아. 말 안 해도 알겠지? 다음에 먹을 건 무라마쓰야의 사과 사탕이었어. 산야도리 축제 당일에만 먹을 수 있는 굉장히 귀한 디저트야.

오사나이가 풀려난 건 3시 반. 축제는 아직 끝나지 않았고, 혹시 늦었더라도 부탁해볼 만했어.

그런데 오사나이는 망설이지 않고 복숭아 파이라고 대답했지. 이유가 뭘까?"

오사나이는 자신의 말실수를 그 자리에서 깨달았다. 사과 사탕이라고 대답하지 않으면 속일 수 없다는 걸 바로 깨달았기 때문에 웃다가 굳어버린 것이다.

오사나이가 숨기려던 비밀은, 당연히…….

"오사나이는 그저께 점심 전에 나가서 사과 사탕을 먹었던 거지? 그래서 '다음 목표'는 복숭아 파이가 된 거야. 그날 나하고 먹으러 가기로 약속했으면서 어째서 먼저 사과 사탕을 먹었을까?

오사나이는 알고 있었던 거야. 이제 곧 행동에 제약을 받게 된다는 사실을. 나하고 함께 사과 사탕을 먹으러 가지 못할 공산이 크다는 사실을. 무라마쓰야가 특별히 차린 노점을 닫기 전에 풀려나지 못할지도 모르니까 먼저 사과 사탕을 먹었어. 이사와 하세미를 기다리면서.

사흘 전, 내게 전화를 걸어 내일 1시에 만나자고 약속했을 때부터. 베리베리에서 록 가수처럼 차려입고 역 앞을 지켜봤을 때부터.

……여름방학 첫날, '오사나이 여름 스위트 셀렉션'을 내게 건넸을 때부터.

오사나이는 처음부터 유괴당할 줄 알고 있었지?"

"그렇게 생각하면 나를 디저트 순례에 데리고 다닌 이유를 알 수 있어."

아마도 그 암행의 종장이 될 여름철 한정 트로피컬 파르페는 줄어들 기미가 없다. 잘 익은 망고의 진한 단맛이 혀에 남아 짜증스러울 정도다. 물을 마셨다.

"오사나이는 유괴당할 줄 알고 미리 손을 썼어. 언제 끌려가더라도 금방 구출되도록 대책을 마련해놓았지. 그 대책이 바로 '오사나이 여름 스위트 셀렉션'이었던 거야.

나는 오사나이를 따라 그 지도를 근거로 기라 시를 구석구석 돌아다녔어. 맛있었어, 프로즌 수박 요구르트도, 녹차 빙수도. 여름철 한정 상품은 아니었지만 샬럿은 정말 최고였어.

하지만 오사나이의 진짜 목적은 그런 달콤한 디저트가 아니었지.

그렇게 지도를 따라 행동하게 만들어 내게 '오사나이 여름 스위트 셀렉션'의 존재를 각인시켜서, 여차할 때 바로 떠올리게 만드는 거였어. 지도도 소중하게 보관하도록 해야 했지. SOS 문자를 보낸 것까지는 좋은데 내가 '오사나이 여름 스위트 셀렉션'을 기억해내지 못하거나 잃어버리면 계획이 엉망이 되니까. 그래서 나를 불러냈던 거야.

나는 훌륭한 학생이었어. 오사나이의 꿍꿍이가 뭘까 의심하면서도 몇 번이나 불려다니는 사이에 '오사나이 여름 스위트 셀렉션'의 존재는 내 뇌리에 깊게 박혔던 거야."

오사나이네 집에서 샬럿을 먹었던 날, 나의 소소한 장난을 꿰뚫어 본 오사나이는 유난히 기쁜 목소리로 내게 말했다. '여름방학 동안 같이 다녀줄 거지? 어제 건넨 순위표 1위까지 전부 돌 거야.' 기쁘기도 했겠지. 내 자폭으로 오사나이는 나를 끌고 다닐 핑계를 얻었으니까. 내가 샬럿을 훔쳐먹지 않았다면 오사나이는 나를 꾀어낼 핑계를 찾느라 고생했을 것이다.

유난히 기뻐했다고 하니 말인데, 프로즌 수박 요구르트를 먹었던 날 산야도리 무라마쓰야 옆을 지날 때 내가 이곳 사과사탕도 순위에 들어 있지 않았느냐고 물었을 때도 오사나이는 환하게 웃었다. 내가 '오사나이 여름 스위트 셀렉션'을 꿰고 있다면 그건 오사나이의 계획이 순조롭게 풀리고 있다는 뜻이기 때문이다.

햄버거 가게에서 겐고가 남긴 메모를 풀었을 때, 오사나이는 로터리를 주목하면서도 나를 넌지시 부추겼다. 그 풀이에 지도가 얽혀 있다는 사실을 알고 나자 그렇게 기분이 좋아 보일 수 없었다. 그럴 만했다. 겐고의 메모는 우연히도 오사나이의 SOS 문자 해독 예행연습 같았으니까. 그날, 오사나이는 내게 '오늘은 라로슈하고 긴센도 사이에 있는 가게에 갈 거야'라는 문자를 보내 직접 예행연습도 했다. 게다가 오사나이가 보는 앞에서 내가 같은 종류의 암호를 풀었으니 한층 더 마음을 놓았을 게 틀림없다.

감쪽같이 당했다. 그게 전혀 분하지 않은 건 아니다.

하지만 내 머릿속은 그런 것보다도 이해할 수 없다는 생각으로 가득했다.

"그런데 오사나이, 그래도 의문이 남아. 도저히 모르겠어."

오사나이는 멈추지 않고 홍차를 휘젓고 있다. 설탕도 우유도 넣지 않았으면서. 내 시선도 내려갔다. 오사나이의 얼굴을 보기가 괴로웠다.

"왜 말 안 했던 거야? 왜 이런 수법을 썼어? 말해줬다면 좋았을 텐데. 옛날에 산 원한 때문에 누가 노리고 있다고, 유괴당할지도 모르니까 그렇게 되면 도와달라고. 나는 충동을 억누르지 못하는 면이 있기는 하지만 그렇게 고지식하진 않아. 말해줬다면 오사나이가 원하는 방법으로 얼마든지 도와줄 수 있었어. 실제로 그저께도 구하러 가는 데 시간이 조금 걸렸어. 만약 조금만 더 늦었다면 이사와 하세미는 담배로 오사나이에게 화상을 입혔을 테고, 내가 잘못 해석했다면 더 큰 일이 벌어질 가능성도 있었어. 그렇게 되었을 때 네가 어떻게 될지 생각하지 않았던 거야? 내 기분이 어떨지 생각하지 않았어?

그런 위험을 무릅쓰면서까지 어째서 나한테 아무 말도 안 했던 거야?"

홍차를 젓는 손길이 멎었다. 불쑥, 한마디.

"미안해."

나는 그 뒷말을 기다렸다. 입을 다물고 가만히. 오사나이는 홍차의 호박색 표면만 바라볼 뿐, 아무 말도 하지 않았다.

침묵은 길었다.

이윽고 오사나이가 한 마디, 두 마디, 입을 열었다.

"미안해. 고바토 말이 거의 맞아. 난 사과 사탕을 먹었어.

여름방학 전부터 이사와 패거리에게 납치될지도 모른다는

사실도 알고 있었어. 이사와는 난폭하니까 그렇게 되면 위험하다는 것 역시 알고 있었어. 그래서 고바토의 도움을 받으려고 했어.

하지만 고바토를 끌어들이기는 싫었어. 내가 털어놓으면 고바토가 이사와 패거리를 뒷조사할지도 모른다고 생각했어. 만약에 그런 짓을 하다가 들키기라도 하면 나보다 고바토가 먼저 위험해질 거야. 그렇게 생각해서…… 그랬던 건데 고바토를 상처 입혔다면, 미안해…….”

난 그런 짓은 하지 않는다. 비밀이 있음 직한 상황을 만나면 그 비밀을 파헤치기는 좋아하지만 상대를 악착같이 조사하지는 않는다. 그건 오사나이 전문 분야다. 오사나이는 자기라면 그럴 테니까 나도 그럴지 모른다고 생각했던 걸까?

“도지마도 와줄지 모른다고 생각했어. 고바토는 분명 혼자 오지는 않을 테니까. 겁쟁이라 그런 게 아니라 혼자서는 목적을 달성할 수 없다고 판단하고 누군가에게 도움을 청할 줄 알았어. 그럴 때 고바토가 의지할 사람은 도지마밖에 없을 거라고 생각했어. 왜, 작년 타르트 사건 때도 도지마하고 함께 와줬잖아? 그래서…….

예상한 대로 되었지만 설마 싸움이 벌어질 줄은 몰랐어. 고바토와 도지마를 위험에 빠뜨렸어. 도지마는 부상까지 당했고, 고바토도 많이 아팠지? 그것도 정식으로 사과하고 싶어…….”

“그건 됐어.”

겐고는 살갗만 살짝 베인 정도고, 나도 얼굴 어느 쪽을 맞았는지 이미 잊어버렸다. 신경쓸 만한 문제는 아니다. 이사와 하세미 패거리가 오사나이를 유괴하려고 작정한 이상 어느 쪽이든 다소의 물리적인 충돌은 피할 수 없는 상황이기도 했다.

“이사와 하세미하고 무슨 일이 있었는지 가르쳐줄래?”

나도 알 자격이 있다고 생각해서 물었는데 오사나이는 고개를 저었다.

“미안해, 별로 얘기하고 싶지 않아. 지난 일이니까…….”

물론 문제의 뿌리는 중학교 때로 거슬러 올라갈 것이다. 소시민을 표방한 이후의 오사나이가 약을 하는 불량배들과 대립할 이유가 없다. 그리고 우리는 서로 옛날이야기를 잘하지 않는다. 변변한 추억이 아님을 잘 알기 때문이다. 싫다는데 억지로 말해달라고 할 수는 없었다.

오사나이가 하는 말은 잘 알겠다.

꺼림칙한 구석이 없는 건 아니다. 하지만 마음대로 조종당하기는 했어도 기분은 의외로 평온했다. 아니, 오히려 기쁘기까지 했다.

여름방학 동안 몇 번이나 느꼈던 수많은 위화감. 내가 아는 오사나이 유키라면 하지 않았을 행동 때문에 내가 그녀를 크게 오해하고 있는 것 같아 불안했다. 그런 행동을 정리하고 보니 유괴 대책이라는 걸 추리해낼 수 있었고, 본인도 그것을 시인했다. 나는 역시 오사나이를 제대로 이해하고 있었다.

물론 다소 기이한 이 소녀의 전부를 이해한다고 생각하지는 않는다. 하지만 그녀는 역시 '늑대'였다. 절로 웃음이 나왔다.

괜찮아. 오사나이가 무사해서 다행이야. 그게 가장 중요해.

……그렇게 말하려 했다.

하지만 나는, 그러지 못했다.

2

나는 문제를 인식하는 능력은 별로 뛰어나지 않다. 이것은 거짓말입니다, 어디가 어떻게 거짓말일까요, 라는 질문은 식은 죽 먹기지만 거짓말이 아닌 척하는 문제에는 의외로 약하다.

그래도 위화감은 남는다. 아무래도 이상하다, 이해할 수 없다는 생각이 마음속에 쌓인다. 이것은 거의 직감에 가까운 판단이지만 우습게 볼 수는 없다. 방금 전 오사나이가 유괴당할 줄 미리 알고 있었다는 걸 간파해낸 것도 따지고 보면 이 직감과, 그에 입각해 '오사나이 여름 스위트 셀렉션'의 위화감을 의심한 것이 출발점이었다.

그리고 그 직감이 지금 다시 말해주고 있다. 뭔가 이상하다. 화해 인사를 하려고 반쯤 벌렸던 입을 다물었다. 오사나이가 살짝 글썽거리는 눈으로 고개를 갸웃거리며 나를 쳐다보았다.

"왜 그래?"

"아니……."

"그래, 용서할 수 없겠지. 역시 처음부터 고바토한테 의논할걸 그랬어."

오사나이의 목소리가 아득히 들렸다. 내 의식은 멀리 퍼져나갔다.

사실관계 중에 정말 이상한 점은 한 가지다. 오사나이는 어째서 유괴당할 줄 미리 알았을까?

아니……. 그게 아니다. 문제는, 어떻게 알아냈는가.

거리를 돌아다니는 오사나이. 물론 변장 상태. 문득 낯익은 얼굴을 발견하고 몰래 다가간다. 귀를 쫑긋 세워 대화를 엿들으니 이럴 수가, 자기를 유괴하려는 계획이 아닌가? 이거 큰일이다. 고민한 끝에 오사나이는 계획을 세워 '오사나이 여름 스위트 셀렉션'을 만들어 나를 가르친다.

너무 작위적이지만 뭐, 있을 수 있는 일이다. 하지만 그 뒤가 더 있다. 오사나이는 이사와 하세미 패거리의 유괴 계획을 알고 있었을 뿐만 아니라 결행 날짜와 시간까지 알고 있었다.

적어도 사흘 전에는. 그렇지 않다면 나를 불러낼 수 없다. 모처럼 가르친 구조원이 정작 유괴 당일 온천에 놀러가기라도 하면 황당한 노릇이다.

다른 구조원을 마련해두었을 리는 없다. 오사나이는 사흘 전, 내게 전화를 했다. 내일 1시에 보자고 끈질길 정도로 다짐을 했다. 그 점으로 보건대 오사나이는 상당히 정확하게 그룹 내 동향을 파악하고 있었다는 사실을 알 수 있다.

동네를 오가다 우연히 엿듣는 방법으로는 거기까지 알아낼 수 없다.

하지만 이게 과연 본질적인 문제일까? 어쨌거나 오사나이는 어떠한 수단으로 유괴 계획의 존재를 예견해야만 한다. 그 정보원이 무엇이든, 그게 과연 오사나이가 유괴 대책을 세웠다는 전체 구도를 뒤흔들 만큼 중요한 요소일까?

그렇지는 않을 것 같다. 언뜻 보기에는. 하지만 위화감은 사라지지 않는다.

전체 구도는 모순되지 않는다……. 그렇다면 어째서 이렇게 이상한 느낌이 드는 걸까?

고개를 들었다. 입을 다물고 있던 나를 어딘가 차가운 눈으로 쳐다보는 오사나이.

'그런가…….'

해결에 이르는 길은, 거기에 있다.

내 생각에, 이것은 오사나이를 신뢰하면 해결할 수 있다.

내가 알던 것처럼 오사나이가 늑대라는 사실을 재인식한 이상, 나는 오사나이가 내가 아는 그런 사람이라고 믿을 수 있다. 자문해보았다.

Q. 오사나이는 약물 남용 패거리에게 원한을 살 만한 사람인가?

A. Yes. 지금이야 어쨌든 적어도 과거에는 그랬을 수 있다.

Q. 그렇다면 오사나이가 그 패거리의 정보를 지속적으로 얻을 수 있는 조직을 구축할 수 있을까?

A. Yes. 오사나이의 행동력은 알아줘야 한다. 내가 보증한다. 간단했을 것이다.

Q. 그렇다면 이사와 하세미 패거리의 악의를 감지한 오사나이는 미리 대책을 마련할까?

A. ……No. 그렇지는 않다.

오사나이가 사랑하는 것은 '복수'. 당한 것보다 훨씬 강렬하게 되갚아주지 않고는 못 배기는 게 내가 아는 오사나이 유키. 상대의 계획을 꿰뚫어 보고 도움을 청할 수단을 확보하는 수준에서 그쳤을 리 없다. 오사나이를 철저하게 믿는다면, 그녀가 그랬을 리 없다.

Q. 그렇다면 오사나이가 이사와 하세미 패거리에게 복수를 한다 치자, 그 복수는 이제부터 시작될까, 아니면 이미 끝났을까?

"……."

그렇구나. 그렇게 된 건가……. 역시, 비밀은 한 겹 더 있었다.

역시 오사나이, 쉬운 상대가 아니다. 무심결에 미안하다는 말을 믿어버릴 뻔했다. 아니, 오사나이에게 미안한 마음이 없다고 생각하지는 않는다. 하지만 오사나이는 내 생각이 '오사나이는 유괴 사실을 미리 알고 있었고, 유괴당해도 바로 구출될 수 있도록 대책을 세워두었다'는 데서 머물도록 기특한 소리를 한 것이다.

나는 만족스러운 기분으로 입을 열었다.

"오사나이."

달칵, 딱딱한 소리. 오사나이가 홍차잔을 컵받침에 내려놓았다. 표정이 없었다. 방금 전까지 미안해하던 분위기, 본의 아니게 이용해서 나를 볼 면목이 없다는 태도는 싹 사라지고 없었다. 속을 모를 싸늘한 시선으로 나를 보고 있다. 나는 몸을 떨었다. 그 시선에 위축되어서. 아니, 아니다. 대결을 앞두고 흥분한 것이다. 이제부터가 진짜다.

오사나이가 온화한 목소리로 물었다.

"왜?"

어쩐다.

"지금 잠깐 이런저런 생각을 해봤어. 오사나이에 대해서. 오사나이가 이사와 하세미 패거리의 유괴 계획을 알고 있었다는 점을 다시 고려해봤어.

오사나이의 행동력에는 나도 혀를 내두를 정도야. 나는 어느 쪽인가 하면 한자리에서 생각하는 게 성미에 맞으니까, 늘 오사나이는 당해낼 수 없다는 생각을 해."

오사나이는 표정 없이 머리를 감싸고 좌우로 고개를 흔들었다. 뭐하는 건가 싶었지만 아무래도 민망함을 몸짓으로 표현하는 듯했다. 무시했다.

"하지만 그런 오사나이도 이사와 패거리의 내부 사정을 혼자서 속속들이 파악할 수는 없었을 거야. 어쨌거나 오사나이는 이번 여름방학 동안 낮에는 대부분 나하고 달콤한 디저트를 먹으러 다녔으니까. 그런데 오사나이는 유괴 계획의 동향을 파악하고 있었어. 결행 날짜와 시간까지 완벽하게. 그게 무엇을 뜻할까?

스파이야. 이사와 패거리 중에 오사나이에게 정보를 흘려줄 스파이가 있었던 거야.

도청을 했을 수도 있지만 낮에 정보를 모으지 못하는 건 마찬가지고 오사나이가 도청 전파를 잡으려고 밤늦게 돌아다닌다는 말도 듣지 못했으니까. 오사나이네 집에서 내가 어머님께 들었던 건 이번 여름방학 때 오사나이가 밤에 전화를 자주 한다는 얘기였어."

오사나이의 입가에 미소라고 할 만한 표정이 살짝 떠올랐다. 한참 빗나갔다는 조소일까, 방향은 잘 잡았다는 격려일까. 나는 입술을 축였다.

"아까도 말했지만, 그리고 몇 번씩 말할 건 아니지만 나는 오사나이를 믿어. 내가 오사나이를 잘 알고 있다고 믿어. 그렇다면 어떻게 될까?

스파이를 얻은 오사나이가 자기에게 위해를 가하려는 이사와 하세미에 대한 단순 방어책으로 나를 교육시켰을 리 없어. 반드시 카운터펀치를 생각할 테지. 아니야?

오사나이가 유괴당하고 나하고 겐고가 오사나이를 구한 결과, 이사와 하세미가 어떻게 되었는가 하면……. 이사와는 경찰에 끌려갔어. 선도 보호가 아니야. 최소한 체포겠지. 경찰 눈앞에서 칼을 뽑아 다른 고등학생에게 상처를 입혔으니. 상처라고 하기에도 민망한 경상이었지만 다친 건 사실이야. 그리고 아마 약물 남용 건도 조사받겠지. 전과가 있으니까.

가장 큰 문제는 유괴야. 상해가 경미한 범죄라는 건 아니지만 유괴는 급이 달라. 가벼운 처분으로는 끝나지 않을 거야. 기소까지는 아니겠지만 보호관찰로 끝날 리 없어. 그렇게 되면 한동안 소년원 신세야.

이 정도면 오사나이도 만족하지 않을까?

무엇보다 풀려난 뒤에 오사나이는 한 건 해결했다는 듯이 후련해 보였어. 자기 일이라 모를 수도 있지만 즐거운 복수를 앞둔 오사나이의 태도는 그렇지 않아. 훨씬 어두운 기쁨에 젖어 있거든.

그렇다면…….

이사와 하세미가 유괴 주모자로 체포되어 처벌받는 게 오사나이의 최종 목적이었을 가능성이 높으니까……."

살짝 웃음이 나왔다.

"유괴 계획 자체를 오사나이가 유도했다는 뜻이 돼."

오사나이의 표정을 지켜보았다.

"스파이를 이용해 그룹 안에 오사나이 유키 유괴 계획을 침투시키고, 결행 날짜와 시간도 조종했어. 구출해줄 사람도 마련해놓았지. 결국 이사와 하세미 패거리는 체포당하고 오사나이는 대만족. 세실리아 여름철 한정 트로피컬 파르페로 축배를 들며 희희낙락. 이런 시나리오 아니었을까?"

자, 어때?

범인을 눈앞에 두고 추리의 결과를 묻는 순간. 몇 번을 경험해도 이 순간만큼은 숨이 막힌다. 상대가 흥분하거나, 화를 내거나, 갑자기 펑펑 울 때도 있었다. 드물게 진심으로 '무슨 말을 하는 거야?'라고 되묻는 경우도 있었다. 과연 오사나이는?

오사나이가 문득 작은 한숨을 쉬었다. 느릿한 동작으로 홍차를 살짝 입에 머금고 내 얼굴을 뚫어져라 바라보더니 살며시 웃었다.

"역시 고바토는 달라. 괜히 '소시민'이라는 우스꽝스러운 슬로건을 건 게 아니네."

"……."

"유괴 사건을 해결한 걸로 만족하길 바랐는데. 기묘한 문자를 보내서 사탕 줄게, 이리 오렴, 하고 꾀어내면 관심을 보일 줄 알았어. 문자를 해독해 현장에 출동하는 걸로 만족할 줄 알았지.

내가 크게 착각했던 거야. 고바토가 나를 믿어준 것만큼 고바토를 믿지 못했던 걸까?"

오사나이는 그렇게 중얼거리더니 휴대전화를 꺼냈다.

"다른 사람이었다면 여기까지 꿰뚫어 보지 못했을 텐데. 난 항상 고바토가 대단한 사람이라고 생각했어. 가만히 머리를 굴리는 일에서는 절대 고바토를 이기지 못할 거야."

"그럼 인정하는 거지? 이사와 하세미가 오사나이를 유괴하도록 꾸민 건 오사나이, 바로 너였다는 걸."

당연히 고개를 끄덕일 줄 알았다.

하지만 오사나이는 영문 모를 미소를 머금은 채로, 아주 살짝이지만 고개를 가로저었다.

"어?"

……아니야?

"하지만 고바토는 신이 아니야. 좋은 발상이었어. 정말, 발상은 좋았어. ……게스트를 소개할게. 잠깐만 기다려."

오사나이는 변함없이 온화하게 말하더니 전화를 걸었다. 나는 그저 상황을 지켜보는 수밖에 없었다. 오사나이는 휴대전화에 대고 짤막하게 말했다.

"괜찮아. 들어와."

말이 끝나자마자 세실리아의 유리문이 열렸다. 웨이트리스의 밝은 목소리가 손님이라고는 우리 둘밖에 없던 가게 안에 울렸다.

"어서 오세요!"

문 앞에 서 있는 사람은 한 명의 소녀. 검은 청바지에 "NO RIGHTS"라고 적힌 셔츠를 입고 있다. 무권리? 머리카락은 요란하게 탈색했지만 생김새는 꽤 얌전하다. 나이는 우리 또래……. 낯선 얼굴이다.

소녀는 우리 자리를 향해 똑바로 다가오더니 나를 힐끗 쳐다본 다음 내 앞에 놓인 파르페 글라스를 보고, 오사나이를 오만하게 굽어보았다.

"위험하다는 녀석이 얘야?"

나를 가리키며 물었다. 처음 보는 사람에게 손가락질을 하다니 이렇게 무례할 수가. 오사나이는 묘하게 사무적이랄까, 새침한 목소리로 대답했다.

"그래. 하지만 얘기는 이미 끝났어."

"아, 그래. 그럼 됐고."

오사나이가 손가락을 살짝 움직여 나를 가리켰다.

"소개할게. 내 친구, 고바토. 이번 계획으로 폐를 많이 끼쳤어."

그리고 나를 바라보더니 짧게 말했다.

"고바토. 얘가 가와마타야."

가와마타?

이 아이가 가와마타 사나에인가! 겐고가 이사와 하세미로부터 떼어내려고 애썼던 여학생. 겐고의 설득을 매몰차게 거절했던 그 애가 오사나이와? 겐고와 가와마타, 가와마타와 이사와, 이사와와 오사나이, 오사나이와 겐고는 서로 아는 사이였다. 그런가, 가와마타 사나에와 오사나이도 서로…….

이 두 사람이 서로 아는 것은 분명 우연이 아닐 것이다. 나는 구도를 파악했다. 그런가. 애초에 이번 일은 오사나이와 가와마타 사나에, 이사와 하세미 세 사람의 관계에서 시작된 사건이다. 불청객은 도지마 겐고였던 것이다.

"잠깐, 유키! 남의 이름 막 알려주지 마!"

가와마타는 날카로운 목소리로 그렇게 외치더니 청바지 주머니에 손을 찔러 넣었다. 주머니 속에서 나온 것은 테이프리코더.

"이건 네가 처분해. 잘 들어, 우린 이제 모르는 사이야!"

"알아. 안녕, 사나에. 별일 없길 바랄게."

오사나이의 말에 가와마타는 콧방귀를 뀌더니 물을 가져온 웨이트리스의 옆을 지나 발소리를 쿵쿵거리며 세실리아에서 나갔다.

남은 것은 테이프리코더와 기묘한 미소를 머금은 오사나이. 오사나이는 테이프리코더와 나를 번갈아 보더니 어울리지 않게 어깨를 으쓱 움츠리는 시늉을 했다.

"이렇게 된 거야."

3

"가르쳐줄게. 고바토. 사실은……."

"타임!"

나는 무심코 외쳤다.

새로운 재료가 등장했다. 재고할 가치가 있다. 테이프리코더. 안에는 테이프가 들어 있겠지. 테이프. 목소리. 녹음된 목소리. 이번 일에서 목소리가 관계된 장면은 어디였지? 그리고 목소리에 얽힌 요소. 나는 보았다. 그렇다. 그거다. 어째서, 어째서 놓쳤던 걸까? 명백하지 않은가. 그게 거기에 있는 이상, 방금 전 설명…… '오사나이가 스파이를 이용해 이사와 하세미가 유괴 계획을 실행하도록 유도했다'는 말은 틀렸다!

나는 필사적으로 생각을 정리했다. 막연히 파악한 진짜 진상을 어떻게든 말로 표현하려고 고군분투했다. 하지만 오사나이는 그런 나를 보고 웃었다.

"타임이라니……. 이건 장기가 아니야, 고바토."

"……."

"체스도, 바둑도, 백개먼*도, '가나안의 개척자'**도, '스코틀랜드 야드'***도 아니야. 그래도 고바토는 꼭 자기 입으로 설명하고 싶어?"

"오사나이……."

"다 끝났어. 이제 해결을 원하는 사람은 없어.

……그래, 내가 먼저 얘기해달라고 부탁했지. 그러니까 얘기하고 싶으면 들어줄게. 하지만 고바토를 위해 간단히 정리해줄게.

맞아, 스파이가 있었어. 고바토 말대로 그렇지 않았다면 확실하게 납치될 수 없었으니까. 가와마타 사나에가 바로 그

---

* 두 사람이 주사위를 던져 보드 주위로 말을 움직이는 전략 게임. 경기자는 상대방의 말이 움직이는 것을 막으면서 말을 잡아 모은다.

** 예루살렘 근교를 개척해 성스러운 돌을 세워 승점을 따는 보드게임.

*** 런던 시내에 숨어 도망다니는 괴도 Mr. X를 스코틀랜드 야드의 형사들이 붙잡을지, Mr. X가 도주에 성공할지 겨루는 전략 보드게임.

스파이야. 도움을 많이 받았어."

가와마타는 이사와 패거리와 손을 떼라는 겐고의 설득을 거절했다. 나는 그 이야기를 듣고 작은 위화감을 느꼈다. 겐고를 통해 전해들은 것이지만 가와마타는 이렇게 말했다고 한다. "거치적거린다"고.

나는 가와마타가 "민폐"라고 말한 게 아니냐고 물었다. 하지만 겐고는 "거치적거린다"고 말했다고 단언했다. 무엇을 하는 데 거치적거린다는 말인가?

그때의 화제는 이사와 패거리와의 결별. 겐고는 가와마타가 이사와 패거리에서 빠져나오는 데 거치적거렸던 것이다. 겐고가 가와마타 사나에를 설득하려 한 직후 이사와 하세미 패거리는 체포되었고, 패거리는 박살났다.

오사나이가…….

"오사나이가 가와마타 사나에를 거들고 있었구나."

"거들어? 아니야. 내가 도움을 받았지. 사나에는 이사와가 날 미워한다고, 이번 여름방학에 어디로 잡아가서 혼쭐을 내줄 작정이라고 하면서 날 협박했어.

나, 중학교 때 사나에를 도와줬거든. 도지마가 그런 것처럼 약을 갖고 노는 이사와 패거리에서 사나에가 빠져나올 수 있도록 조금 도왔어. 그 결과 이사와 패거리가 경찰에 선도를 받았지만 사나에는 무사히 빠져나올 수 있었어.

하지만 일 년 남짓한 보호관찰 기간이 끝나고 이사와가 밀고자를 찾기 시작하니까 사나에는 얼른 이사와에게 아양을 떨었어. 제가 아니에요, 하고 말이야. 그런데도 이사와가 의심하자 이번에는 날 협박했던 거야. 한 번 더 그룹에서 빠질 수 있도록 도우라고. 아니면 나를 이사와 패거리에게 넘기겠다고.

어쨌거나 그 일에 내가 얽혀 있다는 걸 알게 되는 건 시간문제였을 거야. 면밀하게 은폐하지는 않았으니까. 그 무렵엔 나도 어설펐지. 내가 얽혀 있다는 걸 알면 이사와가 내게 난폭하게 굴 것도 알았어.

그래서 사나에의 도움을 받아야겠다고 생각했지."

오사나이는 찻잔에서 손을 떼고 테이프리코더를 가리켰다.

"고바토. 이 안에 뭐가 들었는지 알고 있지?"

한마디로 대답할 수 있는 질문이다. 하지만 나는 거기에 군더더기 설명을 덧붙이지 않을 수 없었다. 여전히 버릇을 못 고치고 이 마당에 이르러서도 내가 어떻게 눈치챘는지 설명하지 않고는 못 배기는 것이다.

"남부 체육관에서 차를 봤어. 오사나이를 납치할 때 썼을 것으로 짐작되는 라이트밴이었어. 뒷좌석에 롤리팝 포장지도 떨어져 있었으니까. 그리고 그 조수석에서 음성변조기로 보이는 기계를 발견했어. 그때 나는 오사나이가 그곳에 잡혀 있는 게 확실해졌다는 생각밖에 하지 않았어.

하지만 생각해보면 묘해. 몸값을 요구하는 전화를 받은 오사나이네 어머님은 상대가 '기계로 조작한 기묘한 목소리'로 말했다고 했어. 상대는 음성변조기를 썼던 거야. 그렇다면 음성변조기가 그런 곳에 있으면 이상해. 언제든지 전화를 걸 수 있도록 꼭 들고 있어야 하잖아. 여러 개를 마련해야 할 이유도 없고. 차 안에 두고 갔다는 건, 그게 이사와 패거리가 오사나이를 체육관으로 데려가는 데 전혀 필요 없는 물건임을 뜻한다는 걸 알아차렸어야 했어.

이사와 패거리는 음성변조기가 필요 없었어. 그건 곧 처음에 몸값을 요구하는 전화를 건 사람이 이사와 패거리가 아니라는 뜻이야. 다시 말해 이사와 하세미 패거리는 오사나이의 안전과 돈을 맞교환할 뜻이 없었다는 뜻이 돼.

그럼 누가 전화를 걸었을까? 이사와 패거리는 아니야. 오사나이도 납치당한 상태였어. ……가와마타 사나에지?"

오사나이는 작게 끄덕이더니 손을 뻗어 리코더 재생 버튼을 눌렀다. 기계적으로 변조된 낮은 목소리가 흘러나왔다.

"오사나이 유키의 집이지? 됐으니까 닥치고 들어. 그러지 않으면 후회할 거야. 딱 한 번만 말하겠다. ……네 딸 때문에 아주 귀찮아. 그래서 지금 납치했거든. 돌려보내줄 수도 있는데, 귀찮게 군 값은 받아야겠지? 오백만 엔쯤 받을까? 그러면 무사히 돌려주마. 알겠어? 또 전화하겠다."

정지 단추를 누르는 달칵 소리. 오사나이는 테이프리코더를 가까이 끌어당겼다.

"미리 대본을 정해서 녹음해뒀어."

"왜 그런 짓을?"

"막상 현장에서 허둥거리다 말실수라도 하면 큰일이니까. 그런 핑계로 사나에더러 녹음하라고 했어. 가여운 사나에. 내가 시키는 대로 테이프에 녹음하고, 그걸 또 내게 건네다니. 머리가 조금만 더 돌아가도 안 그럴 텐데."

동정이라기보다 연민에 가까운 말투. 나는 그 차가운 목소리에 낯선 감정을 느꼈다. 말이 터져 나왔다.

"이렇게 된 거구나. 이사와 하세미가 오사나이를 납치하려고 하자 넌 대항책을 세웠어. '오사나이 여름 스위트 셀렉션'을 핑계로 나를 이용하는 거였지. 하지만 오사나이는 그것만으로는 성이 차지 않았어. 이사와 하세미가 납치감금죄만으로 체포되는 데 만족할 수 없었던 거야.

그래서 몸값을 요구하는 테이프를 만들었어. 그리고 그 전화가 걸려오는 순간을 내가 목격하도록 했지. 오사나이는 납치 감금에 프리미엄을 붙였어. 몸값을 노린 약취로 죄목을 한 단계 더 높인 거지!"

등잔 밑이 어두웠다. 몸값을 요구하는 순간을 본 나는 이번 일이 유괴 사건이라는 사실을 의심조차 하지 않았다. 그 발단이나 과정을 주목해 오사나이의 고의성을 의심하기는 했지만 이사와 하세미 패거리가 유괴를 저질렀다는 인식은 흔들리지 않았다.

하지만 이사와 패거리는 오사나이를 유괴하지 않았다. 납치하고, 감금하고, 폭행은 했을지 모른다. 하지만 유괴는 하지 않았다. 정확히 말하면 몸값은 요구하지 않았다. 스리 카드에 한 장을 더 얹어 포 카드로 만드는 것처럼 이사와 패거리가 한 단계 더 심각한 범죄로 추궁받도록 중대한 요소를 더한 건, 바로 오사나이였던 것이다.

오사나이를 '유괴'한 것은 바로 오사나이였다.

오사나이는 당당했다. 둘러대지도, 시치미를 떼지도 않았다. 그녀는 보조개를 지으며 웃었다.

"맞아. 겨우 맞혔네, 고바토."

나는 입술을 악물고 고개를 떨구었다. 속임수에 넘어갔다는 분한 마음. 분명 그런 마음도 있다. 하지만……. 내 침묵을 어떻게 판단했는지 오사나이는 묘하게 발랄한 목소리로 말했다.

“걱정 마, 들킬 리 없어. 그 패거리는 이사와가 억지로 끌어들인 애들이라 서로 전혀 믿지 않아. 날 납치했을 때도 나를 어떻게 할지 의견이 분분했어. 체포된 애들이 입을 모아 ‘이 중에 몸값을 요구하는 전화를 건 사람은 없다’고 주장한다면 곤란하지만 그럴 일은 없을 거야. 분명 지금쯤 다들 자기 이외의 다른 사람을 떠올리며 ‘걔라면 혼자서 몸값을 요구하고도 남을 거야’라고 생각할 테지. 그걸 위해 사나에를 이용해 나를 납치하면 돈을 받아낼 수 있을지도 모른다는 발상을 심어놨으니까.

경찰이 조사하면 호조의 라이트밴에서 음성변조기가 나올 거야. 이것도 물론 내가 사나에에게 들려 보냈던 거지. 이사와 패거리는 어디서 튀어나왔는지 모를 장난감을 보고 재미있어했대. 한참 가지고 놀다가 싫증이 나자 차 안에 내버려두고 갔댔어. 그러니까 거기엔 이사와 패거리 모두의 지문이 묻어 있어.

누가 음성변조기를 가져왔는지 이사와 패거리는 아무도 모를 거야. 그러니까 역시 다른 사람이 가져왔다고 의심하겠지.

만약에 전부 탄로 나더라도 아무 문제 없어. 사나에는 이 계획을 전부 자기가 생각해냈다고 믿고 있거든. 그리고 내 손 안에는."

오사나이는 테이프리코더를 쓰다듬었다.

"이게 있어. 사나에가 몸값을 요구했을 때 쓴 테이프가. 나는 사나에에게 협박당했을 뿐이야. 불쌍한 어린 양이야."

그렇게 말하는 표정이 어딘가 자랑스러워서. 어렵사리 찾아낸 달콤한 디저트를 자랑하는 표정과 어딘가 닮아서. 나는 저도 모르게 말했다.

"범죄는 과자가 아니야, 오사나이."

"응……?"

"무고죄라면 더욱이."

그렇다. 오사나이의 계획이 성공하면 이사와 하세미 패거리는 억울한 죄로 죗값을 치르게 된다. 그 아이들에게 죄가 없는 건 아니다. 오사나이를 납치한 것은 어디까지나 그 애들의 자발적인 행동이니 어엿한 범죄다.

하지만 하지도 않은 유괴로 죗값을 치러야 한다면 얘기가 달라진다……. 그런 걸 무고죄라고 한다.

"오사나이는 지금까지 이따금 약속을 어겼어. 나와 소시민이 되겠노라 약속해놓고 잊기로 했던 집요한 보복을 좋아하는 일면을 가끔씩 드러냈지. 그걸 탓할 마음은 없어. 나도 비슷했으니까.

하지만 오사나이, 이건 선을 넘었어. 오사나이가 유괴를 선동한 것뿐이라면 그래도 실행에 옮긴 이사와 하세미 패거리가 나쁘다고 할 수 있어. 하지만 이건……. 하지도 않은 죄를 남에게 뒤집어씌우다니. 이건 안 돼. 이건 못할 짓이야. 오사나이, 나는 오사나이가 대단하다고 생각해. 하지만 그 특출한 관찰력과 행동력, 신중함을 남을 함정에 빠뜨리는 데 쓸 줄은 몰랐어."

언성이 조금 높아졌다.

"더군다나 그걸 위해 가와마타 사나에를 이용하고, 도지마 겐고를 이용하고, 나까지 이용했어. 우리는 본의 아니게 오사나이의 거짓말에 협력한 꼴이야.

지나쳐, 오사나이. 이사와 하세미 패거리가 얼마나 미웠는지는 모르겠지만 이건 아무리 좋게 포장해도 질 나쁜 위선이야……. 오사나이는 거짓말쟁이야."

오사나이는 눈을 깜빡거렸다. 잠시 장어처럼 시선을 꿈틀거리다가 나를 똑바로 쳐다보더니 고개를 살짝 숙였다.

"내가, 거짓말쟁이라고……?"

"그래."

오사나이가 고개를 들었다. 우리는 눈을 똑바로 마주보았다. 모자를 쓰지 않은 보브컷 소녀. 중학교 3학년 여름부터 늘 함께 있었던 오사나이. 지금까지 나는 그녀의 다양한 표정을 보아왔다. 기뻐하는 얼굴도, 화난 얼굴도, 간계를 꾸미는 얼굴도.

하지만 오사나이의 지금 표정은 낯설었다. 웃고는 있었지만 천천히 시선을 돌린 오사나이의 미소는 차갑다기보다 어딘가 쓸쓸한, 완전히 지쳐버린 듯한 웃음이었다.

4

“그래. 나는 거짓말쟁이야. 고바토한테도, 도지마한테도 거짓말을 했어. 소시민이 되겠다는 약속도 깨버렸어.

하지만 고바토도 똑같은 거짓말쟁이야. 고바토, 알고 있어? 지금, 아까부터 날 고발한 고바토는 굉장히 즐거워 보였어. 머리를 굴려 아무리 작은 단서라도 놓치지 않으려는 고바토는 활기가 넘쳤어. 추리하기 싫다는 건 거짓말이야. 고바토가 말하는 ‘소시민’도 거짓이잖아.”

“그건…….”

알고 있었다. 하지만 그건 넘어가주는 게 불문율 아니었나. 좀처럼 극복하지 못하는 성격이지만 그렇기 때문에 진심으로 고치려고…….

아니, 고치려고 하지 않았다. 즐기고 있었다. 샤릿을 몰래 먹었을 때도, 겐고가 남긴 메모를 풀 때도, 오사나이가 유괴 당했을 때도. 그리고 말할 것도 없이 지금 대화조차.

거짓말이라고 하면 반박할 말이 없다.

오사나이는 내뱉다시피 말했다.

"이것도 거짓, 저것도 거짓. 다들 그래, 나하고 고바토가 사귄다고. 하지만 그것도 거짓이야. 학교에서는 그래, 오사나이는 얌전하고, 고바토는 웃는 얼굴이 멋진 무난한 상대. 하지만 거짓이지. 나는 집에서도 거짓말을 해. 고바토도 분명 그럴 테지?

이렇게 온통 거짓뿐이잖아……. 우리가 여우고 늑대라는 것도 거짓말이야. 그렇잖아? 고바토는 이렇게 속았고, 아직도 착각하고 있어.

이사와 패거리가 눈에 거슬리는 것뿐이었다면 고바토가 아까 말한 것처럼 유괴를 부추기기만 해도 됐어. 그런데 어째서 내가 이런 방법을 택했는지, 고바토는 아무것도 몰라. 알려고도 하지 않아. 나도 사실 이런 짓 하고 싶지 않았어. 이사와 패거리가 나를 납치하지 않으면 그것도 괜찮다고 생각했어. 그래서 유괴 선동 계획은 포기했어. 일부러 위험한 꼴을 당할 필요는 없으니까. 이사와 패거리가 정말로 나를 납치했을 경우에만 더 무거운 죄를 뒤집어쓰도록 계획했다면, 이유가 오로지 복수 때문일 것 같아?"

유리를 통해 쏟아지는 여름 햇살을 받으며 오사나이는 제 몸을 감싸 안았다.

"난 무서웠어. 아무리 허세를 부려도 맞으면 아파. 상처가 깊으면 흉터가 남아. 이사와가 정말 내게 해코지를 할 사람이라면 가급적 오랫동안 멀리 떨어뜨려놓고 싶었어. 일 년이라도, 반년이라도 더 길게 내 곁에서 사라지면 좋겠어. 그래서 위험을 무릅쓰고 이사와를 '유괴범'으로 만들었어. 살을 내주고 뼈를 취한 거야. 그러지 않으면 무서웠으니까. 내가 한 짓이 거짓이라면, 무서운 사람에게서 달아나기 위한 거짓이었어…….

고바토는 나를 믿는다고 했지. 나도 지금 고바토를 믿어. 고바토는 내가 무서워했다는 걸 절대 믿어주지 않을 거야. 왜냐면 고바토는 생각만 할 수 있으니까. 공감할 줄을 모르는 사람이니까. 나하고 마찬가지야.

나도 결국 똑같아. 내 계획은 이렇게 들통이 났어. 우리가 굉장히 영리한 '여우'도 '늑대'도 아니고, '소시민'이 되겠다는 말도 거짓이라면 과연 뭐가 남을까? 고바토는 알아?"

사실은 여우가 아닌데 자신을 여우로 착각하고 소시민이

되겠노라 선언했다면. 그마저도 거짓말이라면.

그것은 마치 솜사탕. 달콤한 거짓말을 부풀린 것은 작은 한줌의 설탕.

무엇이 남는지 물론 알아, 오사나이. 오사나이의 입술이 천천히 움직였다.

"남는 건 그저 오만한 고등학생 두 사람뿐이야……."

"고바토, 우린 이제 함께 있을 이유가 없어."

그렇게 말하는 오사나이의 목소리는 내 착각이 아니라면 어딘가 비장하지만 감정적이라고 할 수는 없는, 차분한 음성이었다.

오사나이는 테이프리코더를 소중하게 손으로 감싸고 있었다. 마치 거기에 대고 말하듯 뒷말을 이었다.

"줄곧 생각했어. 우리 약속은 서로 '소시민'이 될 수 있도록 돕자는 거였어. 문제에 휘말리지 않도록, 평범한 일상을 보낼 수 있도록, 고바토는 나를, 나는 고바토를 방패막이로 삼았어. 이제 누구에게도 쟤는 저런 녀석이라고 손가락질당하지 않으려고……. 중학생이었던 우리는 그 약속이 반드시 필요하다고 믿었어. 아마 정말 그랬을 거야.

하지만 이제는 충분해. 후나도 고등학교에서 우리는 얌전한 커플일 뿐이야. 다카바 중학교 때 우리가 어땠는지 아는 사람들도 이 년이나 지난 이제는 아무 말도 안 해.

무엇보다 우리가 소시민을 목표로 한다는 게 거짓말이야. 말로는 소시민이라고 하면서 사실은 그렇지 않다고 생각하는 모순. 소시민이 아니라는 사실이 괴롭다고 하면서 정말 완벽한 소시민이 될 생각은 하지도 않는 허세. 우리가 함께 있는 한 그건 영원히 사라지지 않을 거야."

나는 조용히 고개를 끄덕였다.

"맞아. 그건 나도 오래전에 깨달았어. 나는 오사나이하고 있을 때 가장 탐정처럼 굴고 말아. 재료가 없으면 직접 만들어내면서까지. 오사나이에게 어리광을 부렸다고밖에 할말이 없어."

"나도 고바토가 있다는 안도감에 기대고 있었어. 하지만 그러면 어때서? 정말 소시민이 되는 데서 의미를 찾을 수 없다면, 오만함을 둘만의 비밀로 간직하면 돼."

그건 너무 소름 끼치는 그림이다. 나와 오사나이, 두 사람은 우리만 특별하다고 자만하면서도 겉으로는 전혀 내색하지 않고 고등학교 생활을 보낸다……. 하지만 그게 우리의 현재 모습이 아니라고 단언할 자신이 없다. 게다가 만약 그런 데서 기쁨을 느낀다면, 폐쇄적인 기쁨도 분명 기쁨이라고 생각할 수는 있다. 하지만…….

"하지만 오사나이. 우리는 그럴 셈으로 함께 있는 게 아니야."

"그래. 우리는 어디까지나 서로를 편리하게 이용하기 위해 함께 있는 거야. 고바토가 이번 여름방학 때 의아하게 여기면서도 내 디저트 순례에 어울려준 건 그 약속 때문이었지. 고바토는 내게 뭔가 속셈이 있을 거라고 생각했기 때문에 따라와주었어. 사실 단 음식은 좋아하지도 않으면서."

우리는 상부상조하는 사이니까……. 의존 관계는 아니다.

"분명 나는 오사나이하고 있는 내내 오사나이가 뭘 꾸미고 있을지 의심했어. 하지만 더이상 추리할 재료가 부족했기 때문에 오사나이가 정말 디저트를 먹으러 다니고 싶었던 걸지도 모른다고 생각했지. 그때는 괴로웠어."

"나도 고바토가 잠자코 따라와주는 건 기뻤지만 그 뒤에서는 언제나 어떻게 하면 그 지도를 효과적으로 기억시킬지 고민했어……. 그리고 그게 조금, 괴로웠어."

침묵.

머릿속에서 오사나이의 제안을 검토했다. 소시민이라는 우리의 슬로건은 그 역할을 마쳤나?

그렇지는 않다. 자제심을 조금만 잃어도 우리는 또 금세 손가락질을 당할 것이다. 지금 생각해도 괴로운 일이다. 오사나이 말처럼 소시민에서 의미를 찾을 수 없는 건 아니다.

그렇다면 자제심을 키우기 위해, 자제심이 흔들리는 상황을 피하기 위해 오사나이와 함께 행동한다는 방법론에 한계가 온 걸까?

그럴지도 모른다. 오사나이 앞이니까 수수께끼를 푼다. 내게 그런 면이 있다면, 오사나이 역시 내 앞에서는 복수를 꾀해도 된다고 생각한다 해도 이상하지 않다. 그렇다면 나와 오사나이의 관계는 이미 삐걱거리고 있었다는 뜻이다.

알고는 있었지만…….

아무래도 오사나이나 나나, 의견은 다소 다르지만 결론은 비교적 비슷한 것 같다.

"나는 우리가 함께 있는 의미가 없다고 생각하지는 않아."

오사나이가 숨을 훅 삼켰다.

"다만 더는 효과적이지 않다고 생각해. 확실히 오사나이의 의견은 일리가 있어."

오사나이는 내 뒷말을 듣고 작은 한숨을 쉬더니 고개를 저었다.

"역시 그렇게 대답하는구나."

"그럴 수밖에 없잖아."

"아니야. 대답 내용이 아니라, 그 방법을 말하는 거야.

고바토. 난 지금 헤어지자고 말하는 거야. 헤어진다는 표현이 커플 같다면 말을 바꿀게. 관계 해소를 요구하는 거야. 고바토라면 짐작하겠지? 내가 여태껏 그렇게 생각했다면, 어째서 오늘까지 그런 말을 꺼내지 않았는지."

그런 건, 고민할 필요도 없다.

"이사와 하세미를 처리하기 전에 나하고 갈라서면 안 되니까."

"맞아. 그런 내가 이기적이라고 생각하지는 않아? 내가 거짓말로 이사와를 함정에 빠뜨린 건 화냈잖아."

"이사와 문제는 규칙 위반이니까 화내는 게 당연하잖아. 하지만 오사나이가 나를 이용한 건 화낼 일이 아니야."

그렇게 대답하면서 나는 점점 차분해졌다.

차분할 수 있는 장면이 아닌데. 오사나이도 무척 차분했다. 초등학생 같은 얼굴에 차가운 미소를 띠고 있다.

"거봐. 우리는 상대가 변덕스럽게 헤어지자고 해도 싸울 수조차 없어. 그게 옳은지, 타당한지 판단하려 하지. 생각밖에 못 해. 화도 나지 않고, 하나도 슬프지 않아. 고바토하고 있는 한 이대로도 상관없을지 모르지만.

영원히 함께 있을 수는 없어.

난 오늘 중학교 때부터 끌어안고 있던 숙제를 하나 끝냈어. 마침 좋은 기회야."

그래.

애초에 임시방편이었다. 나와 오사나이가 함께 어울리는 건.

결론을 내자.

"오사나이가 하고 싶은 말은 알겠어……. 헤어지자."

그 말에 대한 오사나이의 반응은 도저히 설명할 수 없는 것이었다.

눈을 감았다 뜬 오사나이의 눈초리에서 눈물이 한 방울 똑 떨어졌다. 오사나이는 합리적인 제안을 했고, 나는 그것을 검토한 결과 받아들였을 뿐인데, 슬퍼할 이유는 어디에도 없는데. 어째서인지 오사나이는 이렇게 말했다.

"미안해, 고바토……."

5

그리고 세실리아에는 나만 홀로 남았다.

오사나이는 가버렸다. 적어도 이번 여름방학이 끝날 때까지는 만날 일이 없겠지. 2학기가 시작되면 우리는 동급생으로 돌아간다. 평범한 동급생으로.

혼자서도 소시민은 될 수 있다. 오사나이는 필수 불가결한 존재는 아니다. 하지만 그렇게 따지면 대체 누가 대체 불가능하고 필수 불가결한 존재일까.

다만 오사나이는 조금 너무했다. 초등학생 같은 키와 그에 어울리는 동안. 어른 반값으로 극장에 들어갈 수도 있지만 그래도 열여섯 살인 고등학생 오사나이 유키는 내게 등을 돌린 채로 중얼거렸다.

"고바토하고 다녔던 디저트 순례, 즐거운 마음도 없지는 않았어."

굳이 할 필요 없는 말이다. 괜한 말이었어, 오사나이. 어차피 거짓말쟁이였다면 사기꾼처럼 자기에게 불리한 말은 끝까지 숨기면 좋았을 텐데.

그런 점에서 나는 빈틈을 보이지 않았다. 나는 말하지 않았다. '나도 그럭저럭'이라고는.

사건은 끝났고 막은 내렸다. 그뿐이랴, 배우도 떠났다. 남은 것은 고바토 조고로와 저물기 시작한 여름해, 반쯤 남은 여름철 한정 트로피컬 파르페. 긴 스푼을 꽂아 질척하게 녹아 뒤섞인 연분홍색 액체를 떠서 입에 넣었다.

"윽……."

맛없다.

달착지근하다. 너무 달다. 도저히 참을 수 없다. 위가 급격히 오그라들고 속이 메슥거렸다. 종이 냅킨으로 입을 가리고 어금니를 악물고 지독한 맛을 견뎠다.

이건, 너무하다. 너무 지독한 맛이다.

그날 이후로 나는 파르페를 먹지 못하게 되었다.

이사와 하세미는 소년원에 들어갔다. 정확한 죄목은 듣지 못했다. 오사나이 유키 유괴 사건은 지방판 신문에 작게 실렸다. 거기에는 이사와 패거리가 "트러블이 있었던 동료 소녀를 유괴"했다고 적혀 있었는데, '동료' 취급을 받은 오사나이가 어떻게 반응했는지 나는 모른다. 도지마 겐고는 가와마타 가스미와 드러내놓고 사귀기 시작했다.

나는 카페 메뉴판에서 파르페 사진만 봐도 그때의 기억을 떠올리게 되었다. 물씬 치밀어 오르는 달콤한 기억에 속이 울렁거려, 다시는 파르페를 먹지 못하게 되었다.

김선영
한국 외국어 대학교 일본어과를 졸업했다. 다양한 매체에서 전문 번역가로 활동했으며 특히 일본 미스터리 문학에서 왕성한 활동을 하고 있다. 옮긴 책으로는 『봄철 한정 딸기 타르트 사건』, 『야경』, 『엠브리오 기담』, 『쌍두의 악마』, 『인형은 왜 살해되는가』, 『살아 있는 시체의 죽음』, 『손가락 없는 환상곡』, 『고백』, 『클라인의 항아리』, 『열쇠 없는 꿈을 꾸다』, 『완전연애』, 『경관의 피』, 『흑사관 살인 사건』 등이 있다.

여름철 한정 트로피컬 파르페 사건

1판 1쇄 2016년 10월 21일
1판 12쇄 2024년 10월 9일

지은이 요네자와 호노부
옮긴이 김선영

책임편집 지혜림 | **편집** 임지호
아트디렉팅 이혜경 | **본문조판** 이정민 | **일러스트** 박경연
저작권 박지영 형소진 최은진 오서영
마케팅 정민호 서지화 한민아 이민경 안남영 왕지경 정경주 김수인 김혜원 김하연 김예진
브랜딩 함유지 함근아 박민재 김희숙 이송이 박다솔 조다현 정승민 배진성
제작 강신은 김동욱 이순호 | **제작처** 상지사

펴낸곳 (주)문학동네 | **펴낸이** 김소영
출판등록 1993년 10월 22일 제2003-000045호
주소 10881 경기도 파주시 회동길 210
문의 031-955-2637(편집) 031-955-2696(마케팅) 031-955-8855(팩스)
전자우편 elixir@munhak.com | **홈페이지** www.elmys.co.kr
인스타그램 @elixir_mystery | **X(트위터)** @elixir_mystery

ISBN 978-89-546-4265-1 04830
978-89-546-4025-1 (세트)

엘릭시르는 출판그룹 문학동네의 장르문학 브랜드입니다.

잘못된 책은 구입하신 서점에서 교환해드립니다.
기타 교환 문의: 031-955-2661, 3580